ATTENTION, LECTEUR, TU VAS AVOIR PEUR !
NE LIS PAS CE LIVRE DU DÉBUT À LA FIN !

Commence ta lecture à la page 1, puis suis les instructions au bas de chaque page pour faire tes choix. C'est toi qui mènes cette aventure échevelée et qui décides du déroulement des événements, et à quel point ce sera EFFRAYANT !

Denis, ton petit frère, s'est aventuré tout seul dans l'immense musée d'Histoire naturelle ! Tu pars à sa recherche, mais tu découvres plutôt le laboratoire de l'étrange professeur Caillou.

Le scientifique te désigne comme « volontaire » pour essayer sa nouvelle machine à explorer le temps. « Fantastique ! te dis-tu. Je serai le premier humain à voyager dans le temps ! » C'est alors que Denis court droit à la machine... et disparaît.

Ton frère n'est plus perdu dans le musée... il est perdu dans le temps ! Il faut que tu le retrouves. Mais où ? Dans un lointain passé, là où les dinosaures règnent sur la planète ? Ou au Moyen-Âge, à se battre contre les chevaliers et les sorciers ? Peut-être dans le futur, où les robots dominent les humains ? La seule chose dont tu es certain... c'est que tu dois retrouver Denis dans les deux heures qui suivent ou il sera perdu à jamais.

PRENDS UNE PROFONDE INSPIRATION, CROISE LES DOIGTS ET C'EST PARTI...TU AURAS LA CHAIR DE POULE, C'EST GARANTI !

DANS LA MÊME COLLECTION :

La foire aux horreurs
Tic Toc, bienvenue en enfer !

Chair de poule

2

TIC TOC, BIENVENUE EN ENFER !

R.L. STINE

Traduit de l'anglais par
NICOLE FERRON

Données de catalogage avant publication (Canada)

Stine, R. L.

Tic Toc, Bienvenue en enfer!

(Chair de poule. 20 conclusions différentes ; #2)
Traduction de : Tick Tock, you're Dead!
Pour les jeunes de 8 à 12 ans.

ISBN : 2-7625-8457-4

I. Ferron, Nicole. II Titre. III Collection :
Stine, R. L. Chair de poule, 20 conclusions différentes : #2.

PZ23.S85Tic 1996 j813'.54 C96-94680-0

Graphisme et mise en page : Michael MacEachern

Dépôts légaux : 2e trimestre 1996
Bibliothèque nationale du Québec
Bibliothèque nationale du Canada

ISBN : 2-7625-8457-4 Imprimé au Canada

LES ÉDITIONS HÉRITAGE INC.
300, rue Arran, Saint-Lambert (Québec) J4R 1K5
(514) 875-0327

Quelles vacances minables !

Tes parents, ton petit frère Denis et toi passez Noël à New York. Tu pensais bien visiter la statue de la Liberté, monter au 102e étage du *World Trade Center* ou patiner au *Rockefeller Center*...

Mais tu avais oublié que tes parents adoraient les musées.

— C'est distrayant, déclare ta mère en t'entraînant au musée d'Histoire naturelle.

— C'est éducatif, insiste ton père en te montrant une collection de vieilles poteries.

— C'est ennuyant ! dis-tu sans que personne ne t'écoute.

Et le pire, c'est que tu dois t'occuper de ton petit rouquin de frère, ce qui ne fait pas son affaire.

— C'est pas toi qui mènes ! te répète-t-il sans arrêt.

Tu suis donc tes parents dans le dédale des corridors du musée. Au début, c'est presque passionnant ; il faut dire que tu aimes bien les dinosaures.

— Attends de voir ce qu'il y a dans cette salle ! lance ta mère.

Va à la PAGE 2.

Tu te précipites dans la salle suivante, t'attendant à y trouver quelque chose d'excitant mais, radieuse, ta mère se tient en face d'une horloge solaire.

— N'est-ce pas merveilleux ! s'exclame-t-elle. Une exposition portant sur le temps !

« Fantastique ! penses-tu. Une salle pleine de vieilles horloges ! Quel ennui ! »

C'est le moment que choisit Denis pour te donner un coup de karaté à l'arrière de la jambe.

— Aïe ! cries-tu. Arrête !

— C'est pas toi qui mènes ! marmonne-t-il.

— Oui, c'est moi ! répliques-tu en le frappant au bras.

Il se plaint à tes parents avec le résultat que tu sais. Tu ne peux pas toujours gagner !

— J'ai soif, se plaint maintenant ton frère qui a mangé la moitié d'un sac de chocolats en moins d'une minute.

— Peux-tu trouver de l'eau pour Denis, mon grand ? te demande ta mère sans lever les yeux d'une horloge de parquet.

— Viens, grognes-tu en attrapant ton frère par le bras.

Mais Denis se dégage et s'enfuit dans un couloir où tu tentes de le suivre. Le couloir n'en finit pas de zigzaguer. Aucun signe de Denis ou d'eau. Au bout du couloir, tu aperçois cependant une affiche sur une porte :

ATTENTION ! DANGEREUSE EXPÉRIENCE
EN COURS À L'INTÉRIEUR. CETTE PORTE DOIT
RESTER FERMÉE EN TOUT TEMPS.

Passe à la PAGE 3.

3

Une dangereuse expérience? «Qu'est-ce que ça signifie?» te demandes-tu. La porte est légèrement entrouverte. Oh non! Denis y est peut-être entré.

Tu pousses la porte et regardes à l'intérieur. Aucun signe de ton frère. Un homme grand et maigre aux longs cheveux blancs coiffés en queue de cheval est penché au-dessus d'un ordinateur relié à une étrange grosse horloge. Entre l'ordinateur et l'horloge se dresse un gros machin carré qui ressemble à un cadre vide. On entend le bip-bip de l'ordinateur et le tic tac de l'horloge.

— C'est pas trop tôt! s'écrie l'homme en se redressant. Je suis le professeur Caillou. C'est toi, le volontaire?

— En fait, commences-tu, je cherche...

— Pas de temps à perdre! t'interrompt le professeur. Je suis prêt à commencer. Viens.

— Eh bien, je...

— Ici! dit-il en enfilant une chaîne à ton cou.

Au bout de la chaîne pend un objet qui ressemble à un chronomètre. Un très vieux chronomètre avec un cadran compliqué et quatre gros boutons.

— Es-tu prêt? demande le professeur Caillou.

Tourne la PAGE.

— Prêt à quoi ? demandes-tu.

— Mais pour un voyage dans le temps, bien entendu, reprend-il. Tu seras le premier humain de l'histoire à utiliser mon chronomètre de voyage.

— Un chronomètre ? répètes-tu. C'est quoi ?

Il pointe de son long doigt l'appareil qui pend à ton cou.

— Je n'ai pas le temps... commences-tu, mais il t'interrompt de nouveau.

— Bien sûr que tu l'as ! poursuit le professeur Caillou. Peu importe le temps que tu passeras dans le passé ou dans le futur, pas une seule minute ne se sera écoulée dans le présent. Ce sera comme si tu n'étais jamais parti.

— Comment ça marche ? demandes-tu en soulevant le chronomètre.

— C'est facile, dit le professeur. Tu presses le bouton de gauche pour voyager dans le passé, et celui de droite pour voyager dans le futur. Pour revenir dans le présent, presse en même temps le bouton du haut et celui du bas.

« *Cool* ! penses-tu. Et si son invention fonctionnait vraiment ? Ce serait fantastique de voyager dans le temps ! »

— Plus une seconde à perdre ! dit le professeur. Je suis prêt à commencer l'expérience maintenant.

Cours à la PAGE 5.

Tu réfléchis un moment. Le professeur Caillou te prend manifestement pour quelqu'un d'autre, mais un voyage dans le temps te semble très attirant. Bien plus intéressant que de passer la journée à examiner de vieux bols ébréchés. Et comme tu reviendras sans qu'il se soit passé une seule seconde, tu pourras encore chercher Denis et retrouver tes parents avant qu'ils ne s'aperçoivent de quoi que ce soit.

D'un autre côté, Denis peut réussir à se fourrer dans le pétrin en un temps trois mouvements, et tes parents te blâmeront si jamais il lui arrive quelque chose.

Prends ta décision dès maintenant. Veux-tu voyager dans le temps ? Ou vas-tu d'abord retrouver ton petit frère ?

Si tu choisis de participer à l'expérience du professeur Caillou, va à la PAGE 71.

Si tu crois que tu devrais rester et chercher Denis, va à la PAGE 62.

— Prends ta clé et ouvre le cadenas ! supplie la femme.

Tu entends le pas lourd du dragon qui approche.

— Quelle clé ? demandes-tu.

— Celle qui pend à ton cou.

Tu regardes le chronomètre dont la forme ressemble à celle de la serrure.

— Mais ce n'est pas une clé ! protestes-tu. C'est un chronomètre !

— Peu importe ! crie la femme. Prends-le !

Au même moment, des flammes s'échappent de l'ouverture dans le mur. La grosse tête écaillée du dragon apparaît. Il plisse ses yeux jaunes diaboliques lorsque son regard tombe sur toi.

Vite ! Décide ! Devrais-tu utiliser le chronomètre à la façon d'une clé pour délivrer la femme ? Ou devrais-tu t'enfuir à toutes jambes ?

Vite ! Le dragon s'apprête à cracher du feu !

Utilise le chronomètre à la PAGE 94.
Sors de la chambre en PAGE 117.

BOUM !

Tu arrives en bas de la chute au moment où l'appareil éclate. Un peu plus tard, tu te retrouves entouré de rebelles en délire.

— Tu as réussi ! crie Jarmal en te donnant de grandes claques dans le dos. La guerre n'est pas terminée, mais je sais que nous vaincrons.

— Aidez-moi à retrouver mon frère maintenant, dis-tu.

— Je l'ai repéré à bord de la station spatiale, te dit Jarmal. Des rebelles l'y ont envoyé par mesure de sécurité.

— Il faut que j'y aille.

Jarmal acquiesce et te conduit à une petite navette spatiale.

— Elle va t'y conduire, te dit-il. Bonne chance !

Tu salues tout le monde, puis tu t'attaches au siège du vaisseau automatique.

Décollage en PAGE 98.

Tu sens sur toi l'haleine brûlante du dragon qui s'approche.

Que vas-tu faire ?

Il crache de nouveau des flammes qui lèchent tes chaussures.

— Haleine de dragon ! siffles-tu soudain.

Le dragon te regarde, étonné.

— Haleine de dragon ! répètes-tu.

Cette fois, le dragon recule de quelques pas.

— As-tu déjà entendu parler de rince-bouche ? demandes-tu.

Mais le dragon baisse maintenant la tête, honteux.

Tu n'es pas certain de pouvoir le contrôler plus longtemps mais, pour le moment, tu t'épargnes une brûlante…

FIN

— Je choisis l'école, dis-tu au juge.

Le robot policier t'entraîne dans une autre pièce du même édifice. Surpris, tu y découvres une salle de classe ordinaire avec des bureaux en bois, un tableau noir et un ordinateur. Il y a aussi une boîte métallique de la taille d'un placard en avant de la classe.

À chaque bureau, se trouve un élève humain de ton âge.

— Continuons l'examen oral, dit le professeur d'une voix caverneuse. Anita, quelle est la capitale d'Ulan Bator ?

— Je… je ne sais pas, bégaie une fillette en se levant, nerveuse.

— Tu dois donc entrer dans le fractiliseur, dit le professeur.

La fillette se ronge les ongles tout en avançant vers le devant de la classe. Elle grimpe alors dans la boîte métallique ; le professeur claque la porte et presse un bouton. La boîte se met à bourdonner et à briller d'un éclat vert. Lorsque la porte s'ouvre de nouveau, tu sursautes.

Va à la PAGE 36.

— La bataille vient de commencer ! crie Jarmal. La domination des machines sur les humains va enfin connaître une fin. Êtes-vous pour ou contre nous ?

— Eh bien... je...

D'autres explosions étouffent tes mots. Autour de toi, les hommes et les femmes attrapent des armes et courent dans le tunnel.

— Je suis contre les robots ! cries-tu à Jarmal. Mais il faut aussi que je trouve mon frère. Si je ne retourne pas dès maintenant dans le présent, nous serons tous les deux prisonniers du temps.

— Ce n'est pas mon problème ! lance Jarmal.

Tu lui tournes le dos.

— Nous avons aperçu un jeune garçon hier, dit Jarmal d'une voix plus douce. C'est peut-être ton frère. Mais il s'est enfui et nous ne l'avons plus vu. Je te promets de t'aider, mais seulement après que tu te seras joint à nous pour combattre les robots. Acceptes-tu, oui ou non ?

Penses-y bien. Il ne te reste qu'une heure. Peux-tu faire confiance à Jarmal pour t'aider à retrouver Denis ? Ou devrais-tu arpenter les rues à la recherche de ce dernier ?

Pour te joindre aux rebelles, va à la PAGE 111.
Pour partir à la recherche de Denis, va à la PAGE 37.

Denis adore les dinosaures. Tu décides donc d'explorer le marais où tu en as aperçu un. Peut-être Denis s'y est-il aventuré.

En approchant du marais, de hautes herbes semblables à des fougères t'encerclent de toutes parts. Tes pieds s'enfoncent dans l'eau boueuse.

À travers les arbres, tu aperçois de grandes silhouettes qui se déplacent. « De vrais dinosaures ! penses-tu. C'est *cool* ! C'est mieux que *Le Parc Jurassique* ! »

Les dinosaures sont aussi colorés que des oiseaux : rouges, bleus, verts et lavande. Certains dinosaures ont la taille de chats et de chiens. D'autres sont aussi gros que des maisons. Et ils mangent tous des feuilles et de l'herbe.

Tu te prépares à approcher lorsqu'un bruit terrible fait trembler le sol.

Les arbres se balancent pendant que le grondement s'amplifie. Qu'est-ce qui se passe ?

Tu jettes un regard dans la direction d'une plaine verdoyante à travers les fougères géantes. Tu n'en crois pas tes yeux. D'un pas lourd, un *Tyrannosaurus rex* s'avance vers toi.

Si tu es assez brave, va à la PAGE 65.

Tu atteins les sables mouvants et commences à y chercher le chronomètre. Soudain, le sol se met à trembler. La terre bouge sous tes pieds et un grondement remplit l'air.

— Qu'est-ce qui se passe ? demandes-tu à Denis.

De la fumée s'échappe du sommet d'une montagne avoisinante.

— Un volcan ! hurles-tu.

Une seconde plus tard, la montagne éclate et de la lave rougeoyante s'en échappe. Même si le volcan se situe à un kilomètre, tu sens sa chaleur sur ta peau.

Pareilles à des bombes, de grosses roches blanches tombent en pluie dans le marais.

— Attention ! crie Denis. Baisse-toi !

Tu te couvres la tête en te jetant sur le sol.

OUMP ! Une roche te frôle et atterrit dans le marais en t'aspergeant de boue et d'eau. Quelque chose de brillant tombe près de toi.

Est-ce possible ? Ton chronomètre !

Vite, tu rampes pour le prendre. Il est tout couvert de boue. Désespéré, tu cherches les boutons sur le côté. Tes doigts se referment sur deux d'entre eux.

Presse le bouton à la PAGE 96.

Poussant le conducteur, tu tentes d'attraper le volant.

Tu essaies de faire dévier le camion vers la droite, mais c'est plus difficile que tu ne le croyais. Les visages horrifiés des membres de ta famille — y compris le tien — s'encadrent dans le pare-brise.

— ÔTEZ-VOUS DE LÀ! hurles-tu.

Désespéré, tu tournes encore le volant. Faisant une embardée, le camion vire à droite.

Tu soupires, soulagé. Tu as réussi! Tu as sauvé ta famille!

Mais tiens-toi bien. Tu n'as pas encore complètement stoppé le camion qui se dirige droit sur un mur de brique. Arrête tout de suite ta lecture, car il vaudrait mieux que tu ne saches pas ce qui va ensuite arriver. Disons simplement que c'est digne du meilleur film d'Hollywood.

FIN

Tu souris, sachant que tu pouvais compter sur l'avidité de ton frère.

Le roi Rutebert ordonne au chevalier de te libérer les mains. Tu retires le chronomètre de ton cou. En y jetant un coup d'œil, tu sais que ton frère et toi n'avez plus que cinq minutes avant de disparaître dans le temps.

— Denis, lui dis-tu, c'est notre dernière chance de retourner dans le présent. S'il te plaît…

— Non ! crie Denis. Oublie ça ! Je reste ici !

— Donnez ce colifichet à mon fils ! braille le roi.

Le chevalier tente d'attraper ton chronomètre, mais tu recules au même moment. Le chevalier perd l'équilibre et butte contre toi. Tu te sens alors tomber en bas de la plateforme… juste dans le chaudron d'huile bouillante !

Va à la PAGE 106.

— Ce n'est qu'un enfant ordinaire du vingtième siècle ! protestes-tu.

— Je ne suis pas ordinaire ! crie Denis à tue-tête. Je n'aime pas cette personne, pleurniche-t-il en s'approchant du roi.

— Écoute-moi, Denis ! cries-tu. Tu es dans le pétrin. Il faut que tu me suives dès maintenant !

— C'est pas toi qui mènes ! hurle ton frère.

— Jetez cet espion dans l'huile bouillante ! crie le roi.

— Ouais ! approuve Denis en tapant dans ses mains. Jetez cet espion dans l'huile bouillante !

— Denis ! protestes-tu, horrifié. Tu es mon frère !

Mais Denis affiche encore son sourire supérieur pendant que deux chevaliers t'empoignent pour te sortir de la salle du trône.

— Attendez ! cries-tu. Vous faites erreur !

Mais personne ne t'écoute. On t'entraîne sur le toit du château. En bas, tu aperçois un chaudron où bouillonne un liquide noir.

Aïe ! Tes mains sont liées derrière ton dos : impossible d'utiliser le chronomètre. À moins qu'un miracle ne se produise, tu es sur le point d'être frit !

Est-ce ton jour de chance ?

Si la date d'aujourd'hui est un nombre IMPAIR, va à la PAGE 85.

Si la date d'aujourd'hui est un nombre PAIR, va à la PAGE 52.

— Je pense que mon frère est allé dans le futur, annonces-tu.

— J'espère que tu as raison, fait le professeur Caillou en enfonçant une autre touche de son clavier. Es-tu prêt ? Passe dans le chronoport.

Tu entres dans le cadre clignotant et, ce faisant, tu ressens une étrange sensation de picotement.

— Autre chose ! lance le professeur d'une voix déjà lointaine. Avant de revenir, tu ne dois pas oublier...

— Quoi ? demandes-tu.

Sa voix s'affaiblit. Qu'a-t-il dit ?

Devant toi, apparaissent deux scènes : une grande cité de style futuriste avec des petites voitures qui volent comme des avions. L'autre scène semble être la ville de New York. Tu y reconnais des édifices, comme le *World Trade Center* et l'*Empire State Building*. C'est alors que tu remarques un petit rouquin ressemblant à Denis qui disparaît derrière un autre grand édifice. Mais est-ce vraiment ton frère ?

Prends vite une décision !

Denis est-il dans l'étrange cité ? Si oui, va à la PAGE 101.

Où est-il le petit rouquin de New York ? Découvre-le à la PAGE 54.

17

Denis hausse les épaules et commence à s'expliquer :

— Je suis passé par cette porte et…

Mais le temps file. Tu l'interromps.

— Reste ici, d'accord ?

— C'est pas toi qui mènes ! se lamente Denis.

Tu grognes un peu, car il est facile de comprendre que ton frère ne coopérera pas avec toi à moins que tu lui confies ton plan.

Tu lui chuchotes quelques mots à l'oreille.

— Je vais rester à cause de ça, promet-il en souriant.

Découvre ce que c'est en PAGE 53.

La compagnie de livraison Hérault possède un grand garage situé au rez-de-chaussée d'un gros édifice. Tu y entres. Il n'y a que quelques camions. Le seul qui soit vert est garé près du mur du fond.

Dans une petite cabine, une femme avec casque d'écoute et micro est assise derrière une vitre. C'est l'expéditrice de la compagnie de livraison. Peut-être peux-tu l'empêcher d'envoyer le camion faire une livraison ? Ou peut-être ferais-tu mieux de parler au conducteur lui-même ?

Pour parler à l'expéditrice, va à la PAGE 20.
Pour parler au conducteur, va à la PAGE 124.

Tu avances jusqu'à la porte du sorcier; tu inspires ensuite profondément et ouvres la porte. Tu pénètres dans une pièce enfumée remplie d'un fouillis de livres, de tables, de chaudrons de liquides bouillants, de boules de cristal et d'autres étranges objets utilisés en magie.

— Denis? appelles-tu. Il y a quelqu'un?

Pas de réponse; seul un froissement se fait entendre derrière toi.

— Denis? cries-tu en te retournant.

Tu restes bouche bée en apercevant ce qu'il y a là.

Vautré sur un tas de guenilles derrière la table se tient le plus gros lézard que tu aies jamais vu. À son cou, un collier en métal duquel pend une petite plaque où il est écrit... SORCIER!

Un lézard qui s'appelle Sorcier?

Les yeux noirs et froids du lézard te regardent. Il darde rapidement sa langue étroite hors de sa bouche. Surpris, tu recules d'un pas.

Au moment où le lézard s'avance vers toi, tu reconnais le tas de guenilles sur lequel il se trouvait: les vêtements de Denis!

Ta gorge se serre. Tu devines ce qui est arrivé à ton frère... Et ce qui va t'arriver à toi aussi!

FIN

— Excusez-moi, dis-tu à l'expéditrice. Pouvez-vous m'aider?

Elle fait glisser la vitre de sa cabine et lance:

— Te voilà! Tu es en retard.

Il semble qu'elle te prenne pour un des employés. Tu t'apprêtes à t'expliquer lorsqu'elle pointe un camion rouge du doigt.

— Va charger ces caisses immédiatement, dit-elle. Abel n'aime pas qu'on le fasse attendre.

Tu regardes dans la direction qu'elle t'a montrée et y aperçois le camion rouge stationné à côté du vert... celui que tu dois arrêter. C'est peut-être ta chance de retarder le camion vert.

Vite! Va à la PAGE 46. Abel n'aime pas qu'on le fasse attendre.

Horrifié, tu vois ton père au moment où il aperçoit le camion emballé. Il ouvre grand les bras pour vous retenir, ta mère, ton frère et toi.

Ta famille s'arrête immédiatement... et le camion passe devant eux à toute vitesse.

Tu as réussi ! Tu as sauvé ta famille !

Il te faut maintenant ramener Denis dans le laboratoire du professeur Caillou.

— Viens, Denis ! appelles-tu.

— Non ! crie-t-il. Tu ne peux pas me forcer !

Tu jettes un coup d'œil au chronomètre ; le professeur t'a demandé de revenir au plus tard dans deux heures. Il ne te reste que quelques minutes. Il faut que tu ramènes Denis le plus vite possible ou vous serez tous les deux perdus dans le temps.

Comme tu es plus fort et plus gros que ton frère, peut-être pourrais-tu le forcer à te suivre ? Ou préfères-tu le convaincre de venir avec toi ?

Pour forcer Denis, va à la PAGE 122.
Pour le convaincre, va à la PAGE 134.

Si seulement tu avais suivi des cours de natation lorsque ta mère te suppliait de le faire ! Tu décides donc de ne pas plonger dans les douves, mais d'affronter le chevalier et son javelot.

Juste avant d'arriver près de toi, le chevalier retient son cheval.

— Qui es-tu, étranger ? demande-t-il.

— Je suis un visiteur du futur à la recherche de son frère.

— Personne n'entre au palais du roi Rutebert sans relever un défi ! réplique-t-il.

— Quel défi ? t'inquiètes-tu.

— Tu dois m'affronter en duel, moi, son noble défenseur, dit le chevalier. Le perdant est jeté aux crocodiles du roi dans les douves.

Des crocodiles dans les douves ? Heureusement que tu ne t'y es pas jeté !

Le chevalier descend de cheval et prend un sac d'armes sur sa selle. Tu aperçois un javelot, une épée, un fléau d'armes et un gros gourdin.

— Tu peux choisir ton arme, te dit-il.

Ce gars veut vraiment se battre en duel !

— Eh bien ! fait le chevalier, impatient. Choisis !

Choisis ton arme à la PAGE 84.

— Quel roi ? demandes-tu.

— Me prends-tu pour un idiot ? grogne le chevalier. Les troupes du roi Henri sont attendues d'une journée à l'autre ! Ne nie pas le fait que tu es leur éclaireur !

— Je suis un enfant du futur ! répètes-tu. Je veux seulement...

Mais le chevalier ne prête aucune attention à tes paroles. Il t'attache les mains derrière le dos, puis te traîne jusqu'au trône où il te jette aux pieds du roi.

— Qui est-ce ? demande le roi.

— Un espion du roi Henri ! répond le chevalier.

Tu lèves les yeux pour te défendre et c'est alors que tu aperçois qui est assis sur le petit trône près du roi.

Denis !

— Je t'ai cherché partout ! lui cries-tu. Il faut que tu reviennes dans le laboratoire du professeur Caillou ! Tu ne peux pas rester...

— Silence ! menace le roi. Personne ne parle à mon fils sans ma permission !

— Votre fils ? souffles-tu. Mais c'est mon frère, Denis...

— C'est mon fils, Rutebeuf ! t'interrompt le roi. J'ai toujours voulu un fils et quand ce garçon est arrivé, je l'ai adopté.

Va vite à la PAGE 15.

Revêtu d'un uniforme, tu sors du placard pour explorer la station spatiale.

Cet endroit est fantastique. À travers les hublots, tu aperçois des milliers d'étoiles. Des ordinateurs aux couleurs brillantes sont dispersés autour de la salle.

Le tic tac du chronomètre te rappelle que le temps file. Tu ferais mieux de retrouver Denis bien vite et de retourner dans le présent.

Tu passes une porte et suis une flèche qui indique : TÉLÉTEMPS.

C'est alors que deux robots s'approchent et que l'un d'eux dégaine un fusil laser.

Il y a un coude dans le couloir, juste devant toi. Une flèche verte indique : SECTION HYDROPONIQUE et une autre mauve : CHAMBRE DES MACHINES.

Fais ton choix et cours !

Suis la flèche verte vers la section hydroponique en PAGE 80.

Suis la flèche mauve vers la chambre des machines en PAGE 74.

— Je suis un nouveau membre du personnel, mens-tu. Je ne suis pas un espion. J'ai déjà travaillé dans la section hydroponique.

— Alors pourquoi ne savais-tu pas que l'accès à l'appareil d'antigravité est interdit ? demande-t-elle.

— Je n'ai pas fini la lecture des règlements, dis-tu.

— Peut-être, marmonne la capitaine, hésitante. Les locaux affectés à l'équipage sont-ils en avant ou vers l'arrière.

— Vers l'arrière, réponds-tu, souhaitant être dans le vrai.

— C'est bien, dit-elle. Mais si tu es réellement membre du personnel, donne-moi le code des manœuvres dans l'espace. A-Zéro ou X-Zéro ?

— A-Zéro, réponds-tu.

— Tu es un imposteur et un espion ! crie-t-elle, triomphante. Il n'y a pas de manœuvres dans l'espace... même la plus nouvelle recrue le sait ! Jetez cet espion par le sas ! ordonne-t-elle à un gardien robot à ses côtés.

— Hé ! Donnez-moi une autre chance ! cries-tu.

Mais ça n'a aucun effet. En passant par le sas, ton corps explose en milliers de particules.

C'est très effrayant, très salissant et très près de la...

FIN

— Excusez-moi, monsieur, dis-tu en approchant du conducteur de camion. L'expéditrice m'a dit que vous pouviez m'aider. Ma famille et moi ne sommes pas d'ici et j'ai été séparé d'eux un peu plus tôt. Je me demandais si vous ne pouviez pas me ramener à mon hôtel.

— Bien sûr, fiston, dit-il. Où est-ce ?

Tu lui donnes alors l'adresse, près du musée d'Histoire naturelle.

— C'est justement sur mon chemin. Viens, nous partons.

Soulagé, tu montes à côté de lui dans la cabine et t'attaches sur le siège du passager.

— Comment aimes-tu la ville, fiston ? te demande le conducteur lorsque le camion atteint une grande avenue.

— C'est fantastique ! lui réponds-tu. Très intéressant…

— Oh ! t'interrompt le conducteur. L'accélérateur est bloqué ! hurle-t-il.

Le camion dévale la rue. Ton regard passe du conducteur à l'intersection bondée de piétons. Ta famille est sur le point de traverser la rue… et le camion gagne toujours de la vitesse !

File à la PAGE 105.

— Attendez ! cries-tu au conducteur. J'ai changé d'idée !

Mais il est trop tard, car le conducteur ne t'entend pas. Le camion démarre brusquement. Il file à travers les rues de la ville et tu peux entendre les coups de klaxon et les moteurs des autres véhicules. Tu es coincé là, derrière, avec des centaines de poissons morts. Comment vas-tu réussir à sauver ta famille ?

Tu te lèves, écrasé entre les caisses de poisson. Tu avances péniblement jusqu'à la cabine du conducteur et essaies d'attirer son attention, mais il poursuit son chemin.

Le camion commence à prendre de la vitesse. Tu entends les coups de klaxon et les insultes des autres conducteurs.

Le camion est hors de contrôle et tu y es prisonnier.

Il est maintenant trop tard pour stopper le véhicule. Tout ce que tu peux faire, c'est de presser le bouton du chronomètre, de retourner dans le passé et d'essayer autre chose.

Retourne dans le passé à la PAGE 31.

— Ces objets magiques sont trois pierres blanches, dis-tu au robot.

— Parfait, fait le robot, confondu. On va voir comment tu vas gagner la prochaine manche.

Comme tu sais pertinemment que tu ne remporteras pas la prochaine manche, tu presses le bouton de droite du chronomètre pour avancer un peu plus dans le futur.

Immédiatement, une sensation de picotement te traverse. Lorsqu'elle disparaît, tu n'es pas assis dans la salle de classe, mais sur un siège confortable, ceinture de sécurité bouclée, et des bruits de frottements semblent venir de partout autour de toi.

Serais-tu dans un avion ?

Tu regardes par la fenêtre ; dehors, c'est noir et vide, et parsemé d'étoiles blanches. Tu aperçois une grosse structure ressemblant à un beignet géant avec des aéronefs garés à son entrée.

Tu n'es pas dans un avion… mais dans une navette qui se dirige vers une station spatiale !

— Trente secondes avant l'arrimage ! crachote un haut-parleur.

Pour découvrir ce qui arrivera, va à la PAGE 98.

Tu décides de déjouer le robot de faction. Un coup d'œil à ton chronomètre t'indique qu'il ne te reste qu'une heure pour retrouver Denis et retourner dans le présent.

— Lorsque tu arriveras à l'entrée, t'explique Jarmal, dis au robot que tu as été envoyé pour réparer le romiframption.

— Qu'est-ce que c'est ? demandes-tu.

— C'est le processeur central de l'édifice, répond Jarmal. Ou bien le garde te croira et te laissera passer... ou il te pulvérisera sur-le-champ.

« Fantastique, penses-tu. Pas surprenant qu'ils n'aient trouvé aucun volontaire pour ce travail. »

Jarmal te donne une combinaison de travail à enfiler. Tu enfonces la boîte rouge dans ta poche.

— Bonne chance ! te souhaite Jarmal.

Tu inspires un bon coup avant de t'approcher de l'entrée de la centrale électrique. Un gros robot armé d'un fusil laser t'arrête.

— Que veux-tu, humain ? demande-t-il.

— Je viens réparer le romiframption, réponds-tu.

— Nous n'avons aucun rapport stipulant qu'il est brisé, fait le robot, hésitant.

Ta gorge se serre. Vas-tu être pulvérisé ?

Vite ! Va à la PAGE 48.

Le chevalier prend maladroitement le gourdin.

« Ça devrait être facile », penses-tu en ramassant une pomme. Tu la lui lances comme une balle rapide. À ta grande surprise, il la frappe, mais la pomme ne fait qu'un ou deux mètres.

— Tu ne seras jamais capable de battre ça, dit le chevalier.

— On verra bien, lui réponds-tu.

Il ne t'a jamais vu jouer à la balle. Tu empoignes solidement le gourdin pendant que le chevalier cueille une pomme qu'il te lance.

Tu gardes les yeux fixés sur la pomme rouge qui fend l'air vers toi. Tu ne devrais avoir aucun mal à la frapper. Tu prends un peu de recul et amorces ton élan. Le gourdin frappe ensuite… le vide ! Tu l'as ratée !

— Attendez ! Laissez-moi une autre chance !

— Désolé, dit le chevalier. Tu ne peux pas changer les règles.

— Mais…

— Les crocodiles ont faim, fait le chevalier en te prenant dans ses bras. L'heure de leur dîner est déjà passée.

Tu tentes de prendre ton chronomètre, mais il est trop tard. Tu tombes dans les douves… droit vers les gueules ouvertes d'une dizaine de crocodiles.

C'est bien dommage, champion ! On peut dire que c'est le retrait de la…

FIN

En pressant les boutons du chronomètre, tu ressens une étrange sensation de picotement. Lorsqu'elle cesse, tu es toujours debout près du kiosque à journaux. Mais l'horloge d'un édifice t'indique l'heure : quinze minutes avant l'accident.

Tu ne peux plus l'empêcher de se produire.

Les membres de ta famille sont déjà en marche vers le coin de la rue.

Il ne te reste plus beaucoup de temps ! Devrais-tu les distraire ? Ou courir de l'autre côté de la rue et les avertir ?

Penses-y vite ! Les secondes s'écoulent rapidement !

Pour distraire ta famille, va à la PAGE 40.
Avertis-les à la PAGE 86.

Certain que ton frère est dans le sous-sol, tu te mets à crier :

— Denis ! Denis !

Tu t'habitues lentement à l'obscurité et à l'odeur. Après avoir jeté un coup d'œil au chronomètre, tu t'aperçois qu'il ne reste que quinze minutes avant que toi et ton frère ne soyez perdus dans le temps.

— Denis ! appelles-tu de nouveau.

Finalement, tu entends une faible réponse qui vient de sous la paille.

— Au secours !

Tu disperses la paille et tu le trouves enfin, pieds et poings liés.

— Qui t'a attaché ? lui demandes-tu en le déliant.

— Le lion.

Un lion l'aurait attaché ?

— Allons, fais-tu. Prends ma main et retournons dans le présent !

— C'est pas toi qui mènes ! répond Denis qui attrape quand même ta main, effrayé.

Tu t'apprêtes à presser les boutons du haut et du bas du chronomètre, mais un terrible rugissement remplit le sous-sol.

Découvre ce que c'est à la PAGE 64.

— Viens avec moi, fait le sorcier en te conduisant dans une grande pièce remplie d'étagères poussiéreuses et d'objets utilisés en magie.

Il s'assoit lui-même derrière une table et se met à regarder dans une boule de cristal.

— Je vois un appareil à voyager dans le temps, dit-il. C'est une vieille horloge de parquet. Au centre, une petite porte cache un oiseau mécanique.

Les yeux du sorcier semblent lancer des étincelles.

— Voilà la question : Comment fais-tu reculer le temps ? Fais-tu sortir et rentrer le coucou trois fois d'affilée ou lui tords-tu le cou ? Penses-y bien avant de répondre, ajoute-t-il. Si ta réponse n'est pas bonne, tu seras expédié dans les corridors du temps à tout jamais.

Si tu as lu le Chair de poule intitulé *L'horloge enchantée,* tu connais la réponse. Si tu n'as pas lu le livre, tu vas devoir deviner comment on fait reculer le temps.

Sors-tu l'oiseau de sa cachette trois fois d'affilée ? Si oui, *va à la PAGE 60.*

Si tu lui tords le cou, *va à la PAGE 82.*

Tu dois stopper le camion au plus vite... c'est le seul moyen de sauver ta famille. Tu enfonces donc le bouton du chronomètre, mais un moment plus tard, tu te retrouves dans la même rue de New York.

Oh ! Peut-être le chronomètre ne fonctionne-t-il plus !

Tu remarques alors un grand panneau d'affichage avec une horloge digitale et un calendrier. C'est le même jour, oui, mais une heure plus tôt.

Fantastique ! Pour le moment, ta famille est sauve. Mais il faut que tu retrouves le camion et que tu t'assures que rien n'arrive.

Tu te rappelles avoir lu LIVRAISON HÉRAULT sur le côté du camion. Vite, tu cherches l'adresse dans l'annuaire. Parfait ! Ce n'est qu'à quelques pâtés de maisons d'où tu es.

Qu'attends-tu ? Il ne te reste qu'une heure. Va à la PAGE 18.

Tu te retournes brusquement.

Ouf ! Au moins, c'est un humain et pas un robot.

— Bienvenue dans la cité, étranger, dit l'humain. Qui es-tu ?

— Je suis un voyageur venu du passé, expliques-tu. Je cherche mon frère.

— Tu ne le trouveras pas ici, réplique l'inconnu. Ce n'est pas très sûr dans les rues. Viens avec moi.

— Mais qui êtes-vous ? t'inquiètes-tu.

— Plus tard ! chuchote-t-il. Il faut se cacher.

Il t'entraîne alors au bout de la rue, puis dans un tunnel après être descendu par une bouche d'égout. C'est sombre et tu entends de l'eau couler tout autour de toi.

Le tunnel mène à une grande pièce éclairée de lanternes et de chandelles. Plusieurs autres humains y sont rassemblés.

— Bienvenue dans la place forte des rebelles, dit alors l'homme. Je m'appelle Jarmal, et je suis le chef de la rébellion.

Une rébellion ? De quoi parle cet individu ?

Découvre-le à la PAGE 109.

La fillette a disparu !

— Jacques, continue le professeur, comme si de rien n'était, que donne 43 000 000 divisé par 7,645328 ?

Un grand garçon pâle se lève. Il ne répond pas tout de suite, mais secoue la tête.

— Je ne sais pas, dit-il enfin.

— Entre dans le fractiliseur ! commande le robot.

Lentement, Jacques marche jusqu'en avant de la classe et entre dans la boîte. Un instant plus tard, il a disparu à son tour, fractilisé.

Horrifié, tu regardes disparaître tes compagnons de classe l'un après l'autre. Ce sera bientôt ton tour. Fais quelque chose, vite !

Tu pourrais te servir du chronomètre pour quitter le futur, mais tu n'as pas encore retrouvé ton frère.

D'un autre côté, tu as toujours eu de bons résultats à l'école… peut-être pourrais-tu répondre à la question du professeur.

Réponds à la question du professeur à la PAGE 133.
Utilise ton chronomètre à la PAGE 68.

37

— Je suis désolé, dis-tu à Jarmal. J'espère que les humains vont vaincre les robots, mais il faut que je retrouve mon frère.

— Ce n'est pas très bon pour toi, fait Jarmal, mais parfait pour nous. Nous cherchions justement quelqu'un qui servirait d'appât pour attirer les robots dans les tunnels souterrains.

—Attendez une minute ! cries-tu. J'ai changé d'idée. Je veux me joindre aux rebelles…

— Désolé, réplique Jarmal, il est trop tard.

Il prend ton chronomètre et l'écrase sous sa botte.

— Mais je suis un humain comme vous ! protestes-tu lorsque Jarmal et deux de ses compagnons t'entraînent vers la bouche d'égout.

— Cela ne fait aucune différence, gronde Jarmal. Cinq cents ans de vie sous le règne des robots nous ont appris une chose importante : pas de sentiments.

Les rebelles t'attachent en haut de la bouche d'égout, puis ils redescendent, l'arme au poing, prêts à l'attaque. Dans la rue, tu entends des coups de feu qui se rapprochent.

Lorsque les robots arriveront, tu seras pris entre deux armées ennemies. C'est bien dommage. On dirait que tu t'es embarqué dans une aventure de trop.

FIN

La haute porte en bois du château est ouverte.

— Holà ! Il y a quelqu'un ?

L'écho de ta voix te répond. Tu pénètres dans un grand hall où une tapisserie couvre une partie du mur. Au centre de la tenture, il y a l'image d'une bête à l'air féroce.

« Un lion ? » te demandes-tu. Tu espères surtout ne pas le rencontrer par hasard dans le château.

Tu t'avances dans un étroit couloir sinueux bordé d'armures vides. Le seul éclairage provient de la lueur vacillante des chandelles.

Le couloir tourne sans sembler conduire où que ce soit. Tu jettes un coup d'œil au chronomètre : il ne reste qu'une heure et toujours aucune trace de Denis.

Toutes les chandelles s'éteignent d'un coup et tu te retrouves dans l'obscurité totale.

D'un peu plus loin, un hurlement terrible se fait entendre. C'est un hurlement humain ! Un frisson te donne la chair de poule. Qui est-ce ? Peut-être devrais-tu sortir d'ici au plus vite ?

Mais si c'était Denis ?

Si tu décides de continuer, va à la PAGE 76.
Si tu rebrousses chemin, va à la PAGE 51.

Terrifié, tu essaies d'aider ton frère. Tes mains effleurent une grosse corde poisseuse. Tu la repousses, dégoûté, mais ta main y reste collée. Tu lèves ton autre main pour te dégager, mais elle reste collée elle aussi.

— Denis ! cries-tu. Je suis coincé !

— Elle arrive ! hurle Denis, terrifié.

Les lumières rouges s'approchent lentement. Mais ce ne sont pas des lumières... ce sont des yeux... les yeux de l'araignée gigantesque qui a tissé la toile.

C'est la plus grosse araignée que tu as jamais vue.

Des crocs gluants pointent de sa bouche.

Terrorisé, tu t'acharnes à te décoller des fils englués, mais c'est impossible. Cette fois, tu es totalement prisonnier de ton aventure.

FIN

Qu'est-ce qui pourrait vous faire retourner, Denis et toi ? te demandes-tu. Il faut que tu fasses diversion.

Tu regardes de nouveau le kiosque à journaux et une idée te frappe. Ce n'est pas grand-chose, mais c'est tout ce qui te vient à l'esprit.

Vite, tu fouilles tes poches. Il te reste environ trente dollars, soit ton argent de poche plus quelques billets que ton père t'a donnés pour acheter des souvenirs.

Tu demandes de la monnaie au propriétaire du kiosque. Il te donne de la petite monnaie et des tas de billets. Soudain, un garçon roux à l'air familier passe en courant devant toi. Tu le regardes, puis tournes tes yeux vers ta famille. Denis est toujours avec tes parents... mais que fait-il là, lui ?

— Denis ! cries-tu. Que fais-tu ici ?

Va à la PAGE 17.

— C'est l'armée du roi Henri ! lance le roi Rutebert.

Les deux chevaliers du roi entrent en action : ils te lâchent et sautent devant le roi. Ils tentent désespérément de le défendre contre l'armée d'invasion.

Lorsque les chevaliers te laissent aller, tu t'éloignes rapidement. Il faut que tu attrapes Denis et que tu files d'ici. Vite !

Mais un des chevaliers a déjà saisi Denis. Horrifié, tu le regardes l'emporter sur son épaule à l'autre bout du château.

Oh non ! Le chevalier va balancer ton frère par-dessus le toit !

Il faut passer à l'action, mais comment ? Pendant un moment, tu décides de ne rien faire. Après tout, Denis était prêt à te laisser frire dans l'huile bouillante. Mais, tu te dis que c'est ton frère après tout !

Tes mains sont toujours liées derrière ton dos, mais tu peux peut-être réussir à déjouer le chevalier qui laissera partir Denis. Ou tu peux barrer le chemin au chevalier avant qu'il n'atteigne le bord du toit.

Tu barres le chemin au chevalier à la PAGE 91.
Tu le déjoues à la PAGE 121.

Tu ouvres la porte et entres dans la centrale électrique. La lueur verte brille sur ta peau. Tu déposes la boîte rouge près de la sphère brillante et tu te prépares à t'enfuir.

Juste au moment où tu atteins la porte, celle-ci se referme.

Oh non ! elle est verrouillée !

À travers la fenêtre, tu aperçois un robot qui se moque de toi.

Désespéré, tu prends ton chronomètre ; mais, chauffé à blanc, l'appareil te fond entre les mains. Cette lumière clignotante est en train de le détruire.

Tu luttes de nouveau avec la porte, mais peine perdue.

L'engin explosif est programmé pour sauter dans une minute. La minute achève. Les rebelles vont peut-être t'aider…

BOUM !

Peut-être pas…

FIN

Comme fou, tu te mets à arracher le lierre qui te bloque le chemin et tu fuis vers la sortie. La plante lance vers toi des vrilles qui s'enroulent autour de tes chevilles.

Un plant de géranium se tourne vers toi. Lorsque tu approches d'elle, une fleur projette sur toi du liquide rose bouillonnant. Tu glisses dans le produit gluant et tombes de tout ton long. Au-dessus de toi, un plant de concombres géants te lance ses fruits. Une vigne essaie de t'atteindre avec ses raisins verts.

AU SECOURS ! Te voilà attaqué par des plantes !

Tu te remets debout et réussis à atteindre la sortie. Mais tu t'écroules dans le couloir extérieur.

Respire profondément et va à la PAGE 69.

— Je vais aller chercher mon frère dans le passé, dis-tu au professeur Caillou.

— C'est bien, dit ce dernier en tapant d'autres chiffres sur le clavier de l'ordinateur. Entre maintenant dans le chronoport, t'indique-t-il. Bonne chance !

Tu t'approches du cadre miroitant et y entres. Tu sens un drôle de picotement. Tout te semble embrouillé comme si tu te trouvais sous l'eau. Une seconde plus tard, tu aperçois deux sentiers dans le brouillard.

Fantastique !

Au bout du sentier de gauche, tu entrevois un grand château en pierre. Monté sur un cheval blanc, un chevalier en armure s'y dirige.

Au bout du sentier de droite se trouve un marais planté d'étranges grands arbres. À travers les arbres, tu vois… cela se peut-il ? Un dinosaure !

Quel sentier ton frère a-t-il choisi ? Lequel prendras-tu ? Décide vite !

Si tu penses que Denis a couru vers le chevalier, va à la PAGE 93.

Si tu penses qu'il est allé vers le dinosaure, va à la PAGE 11.

Tu fais un pas entre les bibliothèques et te retrouves dans un petit réduit rempli de paille. L'air est humide et sent mauvais.

Dans un coin, tu aperçois un creux dans la paille, comme si une grosse bête s'y était étendue. Juste à côté, il y a un tas d'os avec des marques de dents.

— Denis ? appelles-tu. Es-tu là ?

— Au secours ! fait une voix faible qui remplit soudain le petit réduit. Au secours !

C'est la voix de ton frère qui semble venir du fond. Tu rampes plus loin ; il y a plusieurs tas de paille et une petite ouverture dans le mur. Tu y colles un œil et vois plusieurs petites lumières rouges briller.

— Au secours ! fait de nouveau la voix terrifiée de ton frère.

Mais où est-il ? Se cache-t-il derrière l'un des tas de paille ? Est-il passé par la petite ouverture ?

Prends vite une décision, car le temps passe à la vitesse de l'éclair !

Si tu rampes à travers l'ouverture où tu vois des lumières rouges, va à la PAGE 92.

Si tu restes dans le réduit, va à la PAGE 32.

Tu t'avances jusqu'au quai de chargement, espérant réussir à convaincre quelqu'un d'arrêter le camion vert. Mais comment ?

— Qu'est-ce que t'as à rêvasser ? braille Abel, un gros bonhomme effrayant. Commence à charger !

Tu soulèves la première caisse, assez lourde, que tu parviens à hisser à l'arrière du camion. Ce n'est pas trop mal... mais ce sont les trente suivantes qui t'épuisent.

Tu as mal au dos, mais chaque fois que tu fais une pause, Abel te crie de continuer. Tu gardes un œil sur le camion vert tout en travaillant.

Horrifié, tu vois le conducteur du camion vert se diriger vers la cabine de son véhicule. Il faut que tu l'arrêtes ! Tu te mets à courir vers lui, mais Abel se dresse devant toi. Peux-tu échapper à Abel ? C'est une question de chance. Portes-tu quelque chose de vert aujourd'hui ?

Si tu portes du vert, va à la PAGE 104.
Si tu ne portes pas de vert, va à la PAGE 63.

— Quoi ? cries-tu en dévisageant le scientifique.

Tes parents vont sûrement te priver de sorties jusqu'à la fin de tes jours si tu perds Denis.

— Il va te falloir voyager dans le temps pour le retrouver, te dit le professeur Caillou. Je vais régler le chronoport afin que tu ne disparaisses pas dans l'éternité, toi aussi.

Tu observes le scientifique qui manipule les boutons de la machine à explorer le temps. C'est incroyable ! Cet homme semble des plus sérieux !

— Lorsque tu retrouveras ton frère, continue le professeur, vous devrez vous toucher tous les deux avant que tu utilises le chronomètre. Sinon, l'appareil ne ramènera que toi dans le présent.

— Pas de problèmes, dis-tu. Mais où est allé Denis ? Dans le futur ou dans le passé ?

— Il n'y a aucun moyen de le savoir, réplique le professeur. Tu devras deviner.

Tu touches le chronomètre qui pend à ton cou ; il a commencé à calculer le temps au moment où ton frère a disparu. Les secondes se sont alors mises à s'écouler lentement. Décide maintenant : vas-tu aller retrouver ton frère dans le futur ou dans le passé ?

Voyage dans le futur en PAGE 16.
Va dans le passé en PAGE 44.

Le robot te regarde des pieds à la tête ; toi, tu ne lâches pas son fusil des yeux.

— Le romiframption, répètes-tu.

— Il est encore brisé ? réplique le garde. Entre. Tu sais où il se trouve.

En fait, tu ne sais même pas ce que peut être un romiframption, mais ça ne fait rien. Te voilà à l'intérieur !

Une passerelle en métal conduit plus loin et, tout près, une échelle grimpe plus haut.

De quel côté est la centrale électrique ?

Prends la passerelle en PAGE 118.
Monte l'échelle en PAGE 128.

Dès que tu places la boîte rouge contre le mur, elle se met à faire tic tac. Jarmal t'a dit qu'à partir de ce moment-là il te restait une minute pour t'échapper de la centrale. Ce n'est pas assez pour redescendre l'échelle ! C'est alors que tu remarques, derrière l'échelle, une petite porte qui indique : SORTIE D'URGENCE.

Tu te jettes vers la sortie qui donne sur une chute. Tu glisses sans y penser en retenant ton souffle. Vas-tu réussir à t'échapper avant que la centrale n'explose ?

Glisse à la PAGE 7.

— Attendez ! cries-tu. Il n'est pas nécessaire de...

Mais trop tard... il a déjà plongé dans l'eau. Horrifié, tu regardes les crocodiles nager vers lui, mâchoires grandes ouvertes.

— Une dernière chose, lance le chevalier avant que les bêtes ne l'atteignent. Attention au repaire !

— Le quoi ? demandes-tu, mais tu n'entends plus que les claquements de mâchoires des crocodiles.

Tout en essayant de ne pas écouter ou regarder, tu te dépêches de traverser le pont-levis pour entrer dans le château.

Va à la PAGE 38.

Tu décides d'essayer de sortir de ce château de malheur. Tu t'éloignes en longeant le mur pour te guider dans l'obscurité. Tu n'as fait que quelques pas lorsque tu sens une poignée de porte sous tes doigts. Tu la tournes et entres dans une pièce enfumée remplie de lumières rouges.

— Qui est là ? demande une femme d'une voix effrayée. Au secours ! crie-t-elle ensuite avant même que tu n'aies répondu.

Tu te diriges vers la voix à travers la fumée. Au fond de la pièce, enchaînée à un mur de pierre, se tient une magnifique dame blonde vêtue d'une robe verte vaporeuse.

— Au secours ! hurle-t-elle. Trouvez la clé et libérez-moi avant qu'il revienne.

— Avant que qui revienne ?

— Le dragon ! dit-elle. Il est allé faire la sieste. Il faut que vous me libériez !

Tu aperçois une ouverture dans le mur. De la fumée en sort avec un chuintement. Ce doit être le repaire du dragon. Tu examines la chaîne qui retient la dame au mur ; le cadenas a une bien étrange forme, presque ronde.

— Vite ! crie-t-elle. Je l'entends qui revient.

Va à la PAGE 6... si tu l'oses.

Les deux chevaliers te traînent vers un chaudron d'huile bouillante. Le roi et Denis se tiennent juste derrière eux.

— À trois, ordonne le roi, exécutez la sentence !

— Au secours, Denis ! implores-tu.

Mais Denis te tire la langue, puis fait signe au roi de continuer.

— Un ! compte le roi pendant que les chevaliers te prennent à bras-le-corps.

— S'il vous plaît... Écoutez-moi ! cries-tu.

— Deux !

Les chevaliers te soulèvent en l'air au-dessus du chaudron. Énervé, tu essaies de libérer tes mains afin de pouvoir utiliser le chronomètre. Mais elles sont bien attachées.

— Trois... crie le roi.

À ce moment, un cri à faire dresser les cheveux sur la tête retentit. Des dizaines de chevaliers en armure accourent sur le toit. Ils portent tous des épées ou des javelots et sont protégés par des boucliers. Le toit fourmille bientôt de chevaliers prêts pour la bataille.

Va à la PAGE 41.

Tu sautes vite sur le comptoir du kiosque à journaux, puis tu grimpes sur le toit.

— Hé ! crie le propriétaire. Descends de là !

Tu l'ignores et, pendant qu'il continue de crier, tu prends un peu d'argent que tu jettes sur le trottoir.

— De l'argent ! cries-tu.

En bas, ton frère crie la même chose :

— De l'argent !

— Regardez ça ! s'écrie quelqu'un. Ces enfants jettent de l'argent !

Deux ou trois passants ramassent les billets et les pièces de monnaie. Une foule s'amasse et les voitures s'arrêtent par curiosité.

Tu vois Denis se pencher et empocher de l'argent.

— Denis ! cries-tu. Mets cet…

Tu entends soudain des coups de klaxon furieux. Le camion arrive ! Tu l'aperçois qui approche à toute vitesse de l'intersection où ta famille s'apprête à traverser.

Vite ! Va à la PAGE 58.

Tu te glisses dans le brouillard vers la rue de New York où tu as aperçu le rouquin. Les autobus, les voitures et les camions passent en klaxonnant. De hauts édifices t'entourent et, sur les trottoirs, les gens crient, discutent et rient.

Oh ! C'est exactement comme le New York du présent. Peut-être le chronomètre ne fonctionne-t-il pas ?

Tu cherches le rouquin autour de toi, sans succès.

Tu t'approches d'un kiosque à journaux.

— Excusez-moi, monsieur, demandes-tu au propriétaire. Pouvez-vous m'indiquer comment me rendre au musée d'Histoire naturelle ?

— Est-ce que j'ai l'air d'un comptoir de renseignements ? crache-t-il.

— D'accord, marmonnes-tu. Je n'ai pas besoin de votre…

C'est alors que tu remarques une pile de journaux. Celui du dessus indique la date du lendemain. Tu es vraiment dans le futur… un malheureux vingt-quatre heures dans le futur.

« Ce n'est pas juste ! » penses-tu. Tu te prépares à appuyer sur le bouton de droite du chronomètre pour aller plus loin dans le futur lorsque quelque chose te coupe le souffle.

Découvre-le en PAGE 77.

Tu adores le zoo. Quelle punition bizarre, penses-tu pendant que le policier robot te fait monter dans une voiture volante.

Tu passes bientôt les barrières du zoo. Les girafes, les éléphants, les tigres et les antilopes parcourent les terrains en toute liberté. Au lieu de barreaux, les animaux sont séparés des visiteurs par des champs de force invisibles.

— Tu vas rester ici, annonce le robot en s'arrêtant devant une aire d'exposition qui ressemble à un salon meublé d'un divan, de fauteuils et d'un téléviseur.

Le robot t'enlève ton chronomètre.

— Donnez-moi ça ! cries-tu sans que le robot ne t'écoute.

Il pointe plutôt son fusil laser sur le bouclier de force autour de l'aire d'exposition. Le champ de force se dissout et le robot te pousse dans le salon.

— Attendez une minute ! protestes-tu. Vous ne pouvez pas me laisser ici !

— Je suis certain que ce sera très confortable, te dit le robot en rétablissant le champ de force.

— Non ! cries-tu en essayant de passer au travers du champ magnétique.

Un groupe de robots s'approche alors de toi. Deux robots plus petits pointent quelque chose du doigt et émettent d'étranges sons.

Que montrent-ils donc ?

Découvre-le en PAGE 102.

Ta meilleure chance de t'échapper — et de retrouver Denis —, c'est d'aller dans le passé.

Le professeur finit d'interroger la fille devant toi. Avant qu'il ne s'adresse à toi, tu appuies sur le bouton de gauche du chronomètre. Tu sens alors un picotement et la classe disparaît.

Tu te retrouves sur un trottoir qui te semble familier. De l'autre côté de la rue, un robot déambule en regardant les vitrines.

Est-ce bien le passé ? Tu te retrouves à l'endroit même où le policier robot t'a attrapé.

Mais c'est maintenant le soir. Tu as reculé dans le temps, mais pas très loin.

Des pas se rapprochent. Vite, tu fonces sous un porche et restes immobile.

C'est alors que tu sens une main se refermer doucement sur ton épaule.

Va à la PAGE 35.

Tu passes une porte marquée : DIRECTION REPAIRE. Tu te retrouves dans un étroit passage tortueux que des bougies fumantes éclairent faiblement. Tu te demandes encore si tu as fait un mauvais choix lorsque tu aperçois quelque chose par terre : un bonbon écrasé.

Ton cœur bondit dans ta poitrine : il n'y avait pas de *Smarties* au Moyen-Âge ; Denis est passé ici.

Tu cours le long du passage et trouves d'autres *Smarties.* Denis est vraiment passé ici, mais où est-il maintenant ?

Tu approches d'un escalier étroit qui descend. En bas, il y a une grosse porte en bois. Une affiche est accrochée en haut de la porte : REPAIRE DU SORCIER.

Près de la porte, il y a une autre ouverture, d'environ quarante centimètres de haut, surmontée d'une affiche qui indique : REPAIRE DU LÉZARD.

Tu te remémores alors les derniers mots du chevalier : « Attention au repaire. » Mais duquel s'agissait-il ?

Approche-toi du repaire du sorcier en PAGE 19.
Inspecte le repaire du lézard en PAGE 113.

Tu regardes ta famille du futur. Denis et toi pointez du doigt la pluie d'argent et riez. Tes parents regardent aussi, puis ton père dit quelque chose en montrant sa montre. Les autres font « oui » de la tête et se dirigent vers le coin de la rue.

— Non ! cries-tu.

Une fraction de seconde plus tard, le camion vert fonce vers l'intersection. Les freins crient et le klaxon retentit. Tu es paralysé, incapable d'observer la scène qui se déroule devant toi.

Ta mère laisse échapper un hurlement à glacer le sang.

As-tu réussi à sauver ta famille ?

Découvre-le à la PAGE 21.

Dans un moment, tu te retrouveras en sécurité quelque part dans le futur.

— Debout et réponds ! te commande le robot.

Tu te lèves, le doigt posé sur le bouton de droite du chronomètre.

— Quel est le qualliproduit de...

Tu n'attends pas le reste de la question ; tu presses le bouton, ressens un picotement et, l'instant suivant...

Tu es toujours dans la classe et le robot poursuit :

— ...à droite de la face introactive de Jupiter ?

Tu presses de nouveau le bouton, mais tu restes au même endroit. Le chronomètre serait-il brisé ?

Tu regardes le cadran ; horrifié, tu t'aperçois que tu es transporté dans le futur, mais seulement cinq secondes à la fois.

Va à la PAGE 73.

— Je sors l'oiseau trois fois d'affilée ! cries-tu.
— FAUX ! crie le sorcier d'une voix tonitruante.

Il se produit soudain un éclair brillant et tu te retrouves dans un couloir embrumé. Avec un serrement de cœur, tu te rends compte que tu es dans les corridors du temps.

Au loin, tu aperçois un vieillard qui chemine péniblement en s'aidant d'une canne. Tu cours pour le rattraper. L'homme a une barbe blanche et des cheveux clairsemés gris. On dirait que tu le reconnais…

— Bonjour, fait l'homme d'une voix grinçante.

C'est Denis ! Les corridors du temps l'ont transformé en vieillard.

— Viens, Denis, fais-tu en l'attrapant par le bras. Nous devons trouver un moyen de sortir d'ici.

— Ce n'est pas toi qui mènes, répond-il en dégageant son bras. C'est moi le plus âgé maintenant et c'est moi qui mène ! ajoute-t-il en t'assénant un coup de canne sur la tête.

C'est bien dommage. Te voilà prisonnier du temps avec ton petit frère aîné !

FIN

Tu pars à la poursuite de ton frère mais, lorsque tu arrives à l'arbre où tu l'as vu pour la dernière fois, il a disparu.

Un objet posé par terre près de l'arbre attire ton regard. C'est le chronomètre... mais où est Denis? Pourquoi n'a-t-il pas emporté le chronomètre?

Tu ramasses l'appareil et fais courir tes doigts sur les boutons. Denis disait qu'il voulait essayer quelque chose de neuf; probablement était-il fatigué du passé et a-t-il décidé d'aller dans le futur.

Tu presses le bouton de droite et ressens un picotement. Un brouillard mauve t'enveloppe et tout semble flou. Tu fermes les yeux, souhaitant faire passer ton étourdissement.

Tu ouvres les yeux et les fermes de nouveau, deux fois.

Une cité futuriste se dessine dans le lointain.

Entre dans la cité en PAGE 101.

Es-tu sérieux ? Tu voudrais vraiment chercher ton frère plutôt que de faire un voyage dans le temps ? Eh bien, tu ne lis pas le bon livre ! Les vrais lecteurs de Chair de poule n'ont que l'aventure en tête.

Réfléchis une minute... puis retourne à la page 5 pour choisir de nouveau !

Va à la PAGE 5.

Tu te diriges vers le camion vert lorsque tu sens la grosse main d'Abel sur ton épaule.

— Monte ! ordonne-t-il en te poussant vers l'arrière du camion rouge. Tu devras décharger une fois qu'on sera rendus à destination.

Il claque la portière ; te voilà prisonnier de la boîte, incapable de voler au secours de ta famille.

Tu te retrouves coincé entre toutes ces boîtes que tu as chargées. Même si tu en as soulevé des dizaines, tu ne les as pas vraiment examinées. Comme un peu de lumière filtre par une fissure dans le toit, tu peux lire l'adresse sur certaines : LABORATOIRE MONTREUIL.

Tu remarques alors des petits trous pratiqués dans les boîtes. Tu colles ton œil droit à l'un d'eux et tu vois un œil qui te rend ton regard.

Affreux !

Va à la PAGE 135.

Un horrible lion monte la garde à l'entrée de la caverne : un lion plus gros que tous ceux que tu as déjà vus au zoo. Sa tête est couverte d'une fourrure brun-jaune et d'une épaisse crinière. Ses yeux brillent en te regardant de haut en bas.

Tu reconnais alors la bête.

C'est le même lion que celui de la tapisserie à l'entrée du château.

Terrifié, Denis se cache derrière ton dos.

— Tu feras bien l'affaire ! gronde la créature en se précipitant sur toi.

Elle t'attrape par un bras en passant avec avidité sa langue sur ses lèvres.

Tu jettes un coup d'œil au chronomètre dans ta main. Comme le lion est en contact avec toi, il voyagera dans le futur avec ton frère et toi si tu presses le bouton. Mais si tu ne retournes pas maintenant dans le présent, Denis et toi serez perdus à tout jamais.

Devrais-tu rester ici ? Ou bien retourner dans le laboratoire du professeur Caillou avec Denis et le lion ?

Pour t'échapper maintenant, va à la PAGE 72.
Pour rester et combattre le lion, va à la PAGE 95.

Le tyrannosaure géant domine les autres dinosaures. Il est beaucoup plus grand que tu l'imaginais ; ses dents sont aussi longues et tranchantes que des couteaux à dépecer.

L'énorme créature pousse un rugissement en traversant la plaine verdoyante. Tu restes figé et ton cœur s'emballe.

Les autres dinosaures se mettent à courir mais l'un d'eux, qui broutait des fougères, est plus lent que les autres. Le tyrannosaure l'attrape facilement et lui arrache la tête d'un seul coup de mâchoire.

Le tyrannosaure tourne alors la tête vers toi et te dévisage. Tu cours à toutes jambes, la bête géante à tes trousses.

Devant toi s'étend un marécage vers lequel tu t'élances. Quelque chose de tout petit y semble posé.

C'est Denis ! Que fait-il là ? Pourquoi ne bouge-t-il pas ?

Tu jettes un regard par-dessus ton épaule : le dinosaure te suit toujours.

— Cours, Denis ! cries-tu. Cours !

— Je ne peux pas, hurle-t-il. Je m'enfonce dans des sables mouvants.

Va aider ton frère à la PAGE 110.

Un sensation de picotement traverse ton corps au moment où tu te transportes dans le présent, au musée d'Histoire naturelle. Lorsque le brouillard s'estompe, tu te retrouves à l'exposition sur le temps, debout près d'un cadran solaire.

— Viens, dis-tu à Denis en poussant un soupir de soulagement. Allons retrouver maman et papa.

— Pas question, répondent deux voix en stéréo. C'est pas toi qui mènes !

— Oh non ! marmonnes-tu lorsque tu te rends compte de ce que tu as fait.

Les deux Denis sont revenus dans le présent avec toi.

Tu as bel et bien sauvé la vie de ton frère, mais tu as gâché la tienne par le fait même.

FIN

Il faut que tu atteignes les freins ! Le camion roule à une allure encore plus effrénée. Tu tentes de rejoindre la pédale du frein avec ton pied… mais impossible !

Horrifié, tu regardes ta famille s'avancer vers l'intersection. Tu plonges sur le plancher du camion. À deux mains, tu appuies de toutes tes forces sur la pédale de frein.

CRIIIIIIICHE !

Stoppera-t-il ?

Va à la PAGE 97.

Tu te prépares à t'échapper de la classe ; il te faut retrouver ton frère avant la fin du temps alloué, mais c'est trop dangereux de rester là.

Le robot interroge maintenant la fillette assise devant toi. Pendant qu'elle bégaie une réponse, tu empoignes le chronomètre.

Où devrais-tu aller ? Trouveras-tu Denis dans un futur plus lointain ? Ou peut-être est-il dans le passé ? Peut-être devrais-tu retourner dans le laboratoire du professeur Caillou et lui demander de t'aider à retrouver ton frère ?

Quelle que soit ta décision, choisis maintenant, car le professeur va te poser une question.

Si tu retournes au laboratoire du professeur Caillou, va à la PAGE 127.

Si tu pars à la recherche de ton frère dans le futur, va à la PAGE 59.

Si tu vas dans le passé, va à la PAGE 56.

Tu t'appuies contre le mur du couloir en tentant de retrouver ton calme. La seule personne qui peut t'aider à retrouver ton frère, c'est le professeur Caillou. Tu tires le chronomètre de dessous ton uniforme et tu presses à la fois les boutons du haut et du bas pour revenir à son laboratoire. Il te faut t'échapper avant que quelqu'un — ou quelque chose — te poursuive de nouveau.

Mais rien ne se passe.

Tu presses de nouveau les boutons... rien...

Oh non!

Que vas-tu faire maintenant? Tu lèves les yeux et aperçois la flèche indiquant: TÉLÉTEMPS. Peut-être cela a-t-il un rapport avec le voyage dans le temps? Qui sait s'il n'y a pas une autre façon de retourner dans le présent?

Entre dans le télétemps à la PAGE 81.

Même si tu t'éloignes de la méchante fleur, ses tiges te tendent de nouvelles vrilles.

Plus loin, une affiche indique la sortie. Peux-tu contourner la plante et t'échapper ?

Mais il y a aussi des outils sur un support ; un long râteau te semble très affilé. Peut-être devrais-tu l'utiliser pour combattre la plante ?

Vite ! Prends une décision ! Vas-tu d'abord prendre le râteau ou courir droit vers la porte ?

Pour attraper le râteau, va à la PAGE 123.
Pour aller jusqu'à la sortie, va à la PAGE 43.

— Je suis prêt à voyager dans le temps ! dis-tu au professeur Caillou.

— Parfait, répond l'homme aux cheveux blancs.

Il enfonce quelques touches du clavier de l'ordinateur et un ronflement se fait entendre. Le cadre carré situé entre l'horloge et l'ordinateur se remplit d'une étrange lueur miroitante.

— Le chronoport est presque prêt, dit le scientifique en pointant le cadre du doigt. Il faut seulement que je règle...

Mais avant qu'il ne poursuive, tu entends un bruit de course. Tu te tournes à temps pour apercevoir Denis qui court vers toi.

— Denis ! cries-tu à ton frère qui va droit vers le chronoport. N'entre pas là-dedans !

— C'est pas toi qui mènes ! crie ton frère à tue-tête en entrant dans le chronoport.

Tu entends un PAN avant qu'il ne disparaisse complètement.

— Oh non ! se lamente le professeur. Il est entré avant que je finisse mes derniers calculs ! Si tu ne le ramènes pas avant deux heures de temps réel, il disparaîtra à tout jamais.

Cours à la PAGE 47.

Tu attrapes la main de Denis tout en pressant les boutons du chronomètre pour vous échapper.

Rien ne se produit.

— Qu'est-ce qui se passe ? pleurniche Denis en s'accrochant à ton bras.

— Je ne sais pas, réponds-tu d'un ton brusque.

Tu lâches la main de ton frère pour observer le chronomètre de plus près. Tout semble pourtant correct. Qu'est-ce qui ne va pas ?

C'est alors que le lion rugit de tous ses poumons !

Tu secoues le chronomètre dans tous les sens, puis tu presses de nouveau les boutons. Ton corps se met à picoter.

« Ça marche ! » penses-tu. Tu fermes les yeux bien fort et tu sens comme un courant électrique qui te passe dans le bout des doigts.

Tu ouvres enfin les yeux. Pas vrai ! Tu n'es pas retourné dans le laboratoire du professeur Caillou, mais tu te trouves toujours dans le château, en face d'une porte marquée : DIRECTION SALLE DU TRÔNE DU ROI RUTEBERT.

Le lion n'est plus là, mais où est Denis ?

C'est alors que tu te rappelles... tu ne tenais pas sa main en manipulant le chronomètre. Tu l'as encore perdu ! Et le temps file !

Pour repartir à la recherche de Denis, va à la PAGE 83.

Tout énervé, tu presses l'autre bouton, celui qui peut t'amener dans le passé. Le robot roule jusqu'à toi et t'enlève le chronomètre.

— On ne joue pas pendant la classe ! crie-t-il. Réponds à la question !

Tu n'as aucune idée de ce que sont le qualliproduit et la face introactive de Jupiter, et tu n'as pas le temps de le découvrir.

Tant pis... mais on dirait que la réponse est :

TON HEURE A SONNÉ !

Tourne la PAGE.

Tu suis la signalisation pourpre et entre en trombe dans la salle des machines. L'endroit est encombré d'appareils et d'écrans d'ordinateurs. Au centre, il y a un tableau de bord rempli de rangées de lumières clignotantes. Juste à côté du tableau de bord se trouve une salle aux murs transparents où une affiche indique : ANTIGRAVITÉ.

Dans cette salle, une petite silhouette flotte et tourne au-dessus du sol.

C'est Denis !

— Denis ! cries-tu en ouvrant la porte. Il faut vite retourner dans le présent.

— Je ne veux pas ! gémit-il.

Tu entres dans la salle, mais tes pieds ne touchent pas le sol. Il n'y a pas de gravité là-dedans... tu ne pèses rien ! Tu ressens une sensation bizarre lorsque tu te mets à flotter. Tu tentes bien d'attraper ton frère, mais il s'échappe facilement. Te voilà sens dessus dessous. Si ton retour dans ton propre temps ne t'inquiétait pas tant, tu trouverais cela amusant.

— Viens, Denis, supplies-tu.

— C'est pas toi qui mènes ! fait-il, moqueur.

Tu tends le bras vers lui... et le rates de nouveau. C'est alors que tu aperçois, à l'extérieur de la salle, un robot qui pointe son fusil laser vers toi.

Va à la PAGE 115.

Un instant plus tard, te voilà de retour dans le laboratoire du musée d'Histoire naturelle.

— Soyez les bienvenus, fait le professeur Caillou, soulagé de vous revoir tous les deux, ton frère et toi. Comment s'est passé votre voyage ?

— Fantastique ! dis-tu.

— Ennuyeux, pleurniche ton frère. Et j'ai faim !

Exaspéré, tu regardes ton frère. Si tu n'avais pas été là, il aurait disparu à tout jamais. Tu repenses à tout ce que tu as affronté pour le sauver. Et, pendant un moment, tu te demandes si ç'a été une si bonne idée.

FIN

Les cris résonnent sur les murs sombres. Tu aimerais bien faire demi-tour et sortir d'ici, mais tu dois avant tout retrouver ton frère.

— Denis ? hurles-tu.

Tu fais glisser ta main le long du mur pour te guider. Tu te diriges vers une lumière et aboutis dans une pièce circulaire.

La pièce comporte trois portes. Tu es entré par l'une d'entre elles et les deux autres sont marquées : DIRECTION SALLE DU TRÔNE DU ROI RUTEBERT et DIRECTION REPAIRE.

Tu te souviens alors de l'avertissement du chevalier : « Attention au repaire ! »

Voulait-il parler de ce repaire ?

Et la salle du trône ? D'après ce que tu as vu du château, ça peut aussi être assez dangereux.

Quelle porte choisis-tu ?

Si tu entres dans la salle du trône, va à la PAGE 83.
Entre dans le repaire à la PAGE 57.

Juste devant toi, sur le trottoir, chemine lentement une famille qui te semble bien familière : un père, une mère et deux enfants. Il existe une bonne raison pour que cette famille te dise quelque chose : c'est ta famille.

Tu regardes ton père, ta mère, Denis et toi avancer. Tes parents se parlent, toi et Denis semblez vous chamailler... certaines choses ne changeront jamais.

Tu vois Denis t'assener un coup de karaté dans le bras et tu le frappes en retour.

C'est bizarre de t'observer ainsi. Il y a deux toi au même endroit. Qu'arriverait-il si tu parlais à ton futur toi-même ?

Tu n'as pas encore décidé quoi faire lorsque les membres de ta famille atteignent le coin de la rue. Le feu de circulation devient vert et ils s'engagent tous les quatre sur la chaussée.

Un instant plus tard, tu entends des cris apeurés, des coups de freins et de klaxon, et tu te tournes en direction du bruit : un camion vert roule à toute vitesse dans la rue.

Il ne semble pas vouloir ralentir et il se dirige droit sur ta famille.

Vite ! Va à la PAGE 87.

— Ouais, va-t'en d'ici ! ajoute Denis en te frappant le bras.

Tu ne peux y résister ; tu le frappes à ton tour.

— Ne sois pas stupide ! dis-tu. Viens-t'en ! Si tu n'obéis pas, quelque chose de terrible va arriver !

— C'est pas toi qui mènes ! hurle Denis en courant vers l'intersection.

— Arrête ! cries-tu, mais ton frère se retourne et t'expédie un direct au menton.

Furieux, tu lui réponds par une clé autour du cou.

— Excuse-toi ! lui cries-tu dans les oreilles.

— C'est pas toi qui mènes ! hurle encore Denis.

Cette fois, l'autre toi saute dans la mêlée. Pendant que tu tiens Denis par le cou, le toi du futur lui donne une bourrade.

— Excuse-toi, demandes-tu de nouveau en resserrant ta prise autour de son cou. Allez !

Cette fois, tu ne vois pas le camion qui roule vers toi et ta famille. C'est trop amusant d'être deux pour se liguer contre Denis.

FIN

Tu décides de te faufiler dans le conduit d'aération. Jarmal te conduit entre les arbres à l'arrière de la centrale électrique. Le conduit d'aération a une petite ouverture au ras du sol. Glissant la boîte rouge d'explosifs sous ta chemise, tu t'introduis dans l'ouverture et commences à ramper dans le conduit.

Ce dernier est si étroit que tu peux à peine bouger et, plus tu avances, plus c'est étroit. Tu gagnes quelques centimètres... pour t'apercevoir que tu es coincé ! Tu ne peux ni avancer ni reculer. Comme tes mains sont prisonnières le long de ton corps, tu ne peux atteindre ni les explosifs ni le chronomètre.

Tu veux appeler à l'aide lorsque tu entends de drôles de bruits à l'extérieur. Des coups de fusils laser ! Les robots doivent avoir repéré les rebelles.

— Le petit humain est dans le conduit d'aération, commandant ! dit un robot. Nous allons le boucher et il ne pourra plus respirer.

Clang ! fait le couvercle du conduit d'aération.

On dirait que tu n'as pas choisi le bon camp dans cette bataille, humain. Malheureusement, tu es arrivé au bout de ton aventure.

FIN

Tu enfiles à toute vitesse le couloir menant à la section hydroponique.

Quelle jungle ! De grandes feuilles vertes et du lierre rampent à travers la pièce. D'étranges plantes poussent de tous côtés. Elles prennent toutes racine dans une solution rose en plein bouillonnement.

Tu surveilles la porte pendant que tu poursuis ton exploration ; les robots peuvent t'attraper n'importe quand.

— Denis ! appelles-tu. Es-tu ici ?

Tu te promènes parmi les feuilles aux formes bizarres, les fleurs aux odeurs étranges et les gros fruits colorés. Tu n'as jamais rien vu de pareil. Tu te demandes si ce ne serait pas quelque chose dans l'espace intersidéral qui fait muter les plantes ordinaires en nouvelles formes étranges.

Une grande affiche indique : DANGER.

Hein ? Qu'est-ce qu'il peut bien y avoir de dangereux dans une serre ?

C'est alors que tu aperçois un lierre dont la tige est aussi grosse qu'une patte d'éléphant. Sa fleur unique est énorme avec des pétales qui ont l'air aiguisés.

Tu t'approches un peu. Soudain, la fleur plonge vers toi, ses pétales se refermant à trois centimètres de ton nez.

Recule à la PAGE 70.

Tu suis la flèche TÉLÉTEMPS et arrives dans une grande pièce remplie d'équipement électronique. Un large tableau au centre de la pièce contient des dizaines d'écrans de contrôle.

Sur ces écrans, tu vois différentes scènes du passé : l'armée d'Alexandre le Grand, la signature de la fin de la Deuxième Guerre mondiale, le premier alunissage. Un robot vêtu d'une blouse blanche surveille les écrans et ne t'a pas encore remarqué.

Peut-être le robot pourrait-il t'aider à retourner dans le présent ? Tu t'apprêtes à le lui demander lorsqu'un signal d'alarme se fait entendre.

— ATTENTION, TOUT LE PERSONNEL ! crachote un haut-parleur. RECHERCHEZ UN INTRUS !

Le robot fait demi-tour, t'aperçoit et dégaine son fusil laser.

— Explique-toi !

Que fais-tu maintenant ? Tu lui dis la vérité et lui demandes son aide ? Ou tu essaies de le déjouer ?

Tu lui demandes son aide en PAGE 125.
Tu déjoues le robot en PAGE 99.

— Je connais la réponse, dis-tu au sorcier. Pour reculer dans le temps, je tords le cou du coucou.

Le sorcier lève les bras en l'air. Un instant plus tard, ce dernier disparaît dans un éclair de lumière. À sa place, tu trouves Denis.

Tu ne croyais pas être si heureux en voyant ton petit frère.

— Denis ! t'écries-tu. Je t'ai cherché partout !

— Je me cachais de toi ! réplique-t-il.

Tu jettes un coup d'œil au chronomètre : il ne reste que trente minutes avant que tes deux heures soient écoulées.

— Denis, lui dis-tu, il faut retourner dans le laboratoire du professeur Caillou. Il faut partir dès maintenant…

— C'est pas toi qui mènes ! s'exclame-t-il.

— Viens ! insistes-tu en essayant en vain d'attraper sa main.

— Je ne veux pas partir ! crie-t-il.

Il retourne dans le brouillard et disparaît à l'arrière du repaire.

Va à la PAGE 114.

Tu ouvres la porte marquée : DIRECTION SALLE DU TRÔNE DU ROI RUTEBERT et tu grimpes un petit escalier. Tu pénètres alors dans une immense pièce tout en pierre.

Des tapisseries colorées sont accrochées aux murs entre des fenêtres étroites en forme d'arche. Des dames en robe longue sont assises sur des bancs de bois. Autour de la pièce, des chevaliers en armure sont figés au garde-à-vous.

À l'extrémité la plus éloignée de la pièce, un trône en bois est installé sur une plateforme élevée. Sur ce trône est assis un gros barbu en robe rouge coiffé d'une couronne dorée.

« C'est le roi Rutebert », te dis-tu.

À ses côtés, sur un plus petit trône, un petit personnage dont le visage est caché par une couronne trop grande pour lui.

Un chevalier tire son épée et la place sur ta gorge où elle te pique la peau.

— Que fais-tu ici, étranger ? demande le chevalier.

— Je suis un voyageur du futur, expliques-tu, et je recherche mon petit frère. Il a les cheveux roux et...

— Silence ! crie le chevalier. Je n'écouterai pas un mot de plus de tes mensonges. Tu es un espion du roi Henri.

Va à la PAGE 23.

Pendant que tu t'apprêtes à choisir une arme, tu remarques un pommier planté aux abords des douves. Soudain, une idée germe dans ton esprit... et c'est ce qui va te permettre de trouver le défaut de la cuirasse du chevalier.

— Je choisis le gourdin, dis-tu au chevalier. Mais nous aurons un duel selon mes règles.

— Parfait, étranger, dit le chevalier en te tendant le gourdin.

— Vous voyez ce pommier ? lui demandes-tu. Cueillez une pomme et lancez-la vers moi. Je vais la frapper avec le gourdin. Puis je vous en lancerai une à mon tour. Celui qui projette la pomme le plus loin gagnera le duel.

— Un étrange concours, grommelle le chevalier. Mais je l'accepte.

L'an passé, tu étais le meilleur frappeur de ton équipe de baseball. Espérons que ta moyenne au bâton va enfin être récompensée. Peux-tu battre le chevalier au baseball ? Pour le découvrir, joue à pile ou face avec deux pièces de monnaie.

Si les deux pièces sont identiques, pile ou face, va à la PAGE 30.

Si l'une des pièces est pile et l'autre face, va à la PAGE 116.

Les chevaliers te traînent sur une plateforme qui surmonte le chaudron d'huile bouillante. Tu regardes le fluide noir et ta gorge se serre. Dans une seconde, tu grésilleras comme un petit poulet frit.

Tu tords tes mains derrière ton dos, mais les cordes sont trop serrées pour que tu puisses te libérer.

Le roi et Denis sont montés sur le toit pour assister au spectacle.

— As-tu quelque chose à dire, espion? demande le roi.

— Oui ! cries-tu. Laissez-moi emmener Denis… euh… votre fils loin d'ici. S'il reste, il est condamné.

— Jamais ! rugit le roi. Préparez-vous à exécuter la sentence !

— Denis ! plaides-tu. Ne le laisse pas faire ça ! Écoute-moi ! Dis-lui de ne pas faire ça !

Écoute la réponse de Denis à la PAGE 132.

Il faut que tu avertisses ta famille.

— Arrêtez ! cries-tu en traversant la rue. Retournez à l'hôtel !

D'abord, ils t'ignorent. Puis les yeux de ta mère s'arrondissent en passant de toi à ton autre toi.

— Je n'ai pas le temps de vous expliquer ce qui arrive ! lui cries-tu. Ne traversez pas la rue ! Maman, s'il te plaît, c'est dangereux !

Mais les membres de ta famille s'éloignent rapidement de toi comme s'ils avaient peur.

— Arrêtez !

— Je ne sais pas qui tu es ou pourquoi tu prétends être mon fils, lance ton père, furieux, mais si tu ne nous fiches pas la paix, j'avertis la police.

— S'il vous plaît ! supplies-tu. Arrêtez-vous une minute. Il faut que vous m'écoutiez ! J'essaie de vous sauver la...

— Je suis sérieux, reprend ton père. Laisse-nous tranquille ou tu t'en repentiras !

Va à la PAGE 78.

Le camion accélère en approchant du coin. Il est impossible que ta famille y échappe.

Dans un moment, tous les membres en seront écrasés comme des crêpes sans que tu puisses rien faire.

Mais, peut-être...

Tu touches le chronomètre. Peut-être pourrais-tu reculer dans le temps et empêcher l'accident de se produire ?

Devrais-tu reculer de quelques minutes et tenter d'arrêter ta famille ? Ou reculer plus loin et tenter de stopper le camion ?

Pour arrêter ta famille, va à la PAGE 31.
Pour stopper le camion, va à la PAGE 34.

Le chevalier se sert de son épée tranchante pour couper les liens autour de tes bras. Tu es libre !

Avant qu'il puisse t'interroger, tu lui arraches l'épée des mains d'un coup de karaté.

Elle tombe sur le sol. Incroyable que tes cours de karaté de l'été dernier soient efficaces à ce point ! Tu le frappes une seconde fois... et tu perds l'équilibre.

Tu tends le bras, attrapes Denis et tombes sur le sol en pressant un bouton du chronomètre.

Tu rampes sur le sol, étourdi, tout en entendant des voix.

— Vive le roi ! Vive le roi !

Tu lèves les yeux et aperçois une centaine de personnes qui chantent et saluent. Elles te saluent toi !

C'est toi le roi !

Tu te lèves et donnes enfin ton premier ordre.

— Emmenez cet esclave, dis-tu en pointant Denis du doigt. C'est moi qui mène maintenant !

FIN

Tu suis le robot dans un édifice tout en verre jusqu'à une salle d'audience où un robot rutilant et vêtu de noir est assis derrière un grand bureau.

« C'est le juge », penses-tu.

— Humain, vous êtes accusé de vous être montré dans les rues, dit le juge. Que plaidez-vous ?

— Coupable, votre honneur, dis-tu. Mais je n'ai pas…

— Silence ! t'interrompt le juge. Il n'y a aucune excuse. Vous avez le choix de la sentence : vous allez à l'école ou au zoo.

À l'école ? Au zoo ? Quel genre de châtiment est-ce donc ? Pour le découvrir, fais tout de suite ton choix.

Sois condamné à l'école à la PAGE 9.
Va au zoo en PAGE 55.

— Un garçon aux cheveux roux est en train de visiter la station, expliques-tu au robot. Est-ce que votre machine peut le localiser?

— Bien entendu, dit le robot en manipulant quelques cadrans.

Le visage de Denis apparaît sur l'écran. Ton frère est caché sous une table qui supporte un ordinateur. Tout en observant attentivement l'image, tu te rends compte que cette table est dans la pièce même où tu te trouves.

— Denis ! cries-tu en courant vers la table.

Ton frère ne bouge pas, paralysé par la peur.

Tu contournes vite le robot et plonges sous la table.

— Non ! crie le robot en te poursuivant.

Mais tu attrapes la main de ton frère, puis presses les boutons du haut et du bas du chronomètre pendant cinq secondes, comme te l'a indiqué le professeur Caillou.

Voyage en PAGE 75.

Tu roules et vas barrer le chemin au chevalier.

— Aïe ! crie ce dernier lorsque tu le frappes de plein fouet.

Il tombe à la renverse et Denis s'échappe de ses bras pour tomber sur le toit. Il se remet rapidement debout.

— Vite ! dis-tu à ton frère. Détache mes mains ! Il faut qu'on parte d'ici.

— C'est pas toi qui mènes ! fait Denis tout en exécutant ce que tu lui as demandé.

Le chevalier se relève, les yeux brillants de rage.

— Je vais vous supprimer tous les deux ! menace-t-il en sautant vers vous.

Vite ! Attrape le chronomètre et presse un bouton… n'importe lequel ! Puis va à la PAGE 96.

Tu rampes à travers la petite ouverture. Les lumières rouges brillent comme des bijoux dans le noir.

Des fils collants pendent des murs et du plafond. Au bout de chacun, est accroché un gros grumeau gris.

Tu t'approches des fils et un frisson te passe dans le dos. Les fils font partie d'une grande toile d'araignée et les grumeaux sont des corps d'insectes géants !

— Au secours ! crie une voix.

En examinant la toile attentivement, tu t'aperçois qu'un des grumeaux est beaucoup plus gros que les autres.

— Au secours !

C'est Denis ! Une araignée géante le retient prisonnier dans sa toile.

Vite ! Va à la PAGE 39.

Tu pars derrière le chevalier à cheval. L'énorme château de pierre se dessine contre le ciel. Des drapeaux flottent à chacune de ses tours.

Tu t'imagines y habitant. « Fantastique ! » te dis-tu.

Soudain, plus de chevalier. Où est-il donc passé ?

Tu te dépêches de traverser un pont-levis qui enjambe des douves encerclant tout le château.

Un bruit furieux de sabots rompt le silence. C'est le chevalier qui revient à toute vitesse. Cette fois, il tient un javelot pointé vers toi.

— Hé ! cries-tu. Je ne suis pas votre ennemi ! Je suis un visiteur du futur !

Mais le chevalier ne t'écoute même pas. Son cheval galope et le bout de son javelot brille au soleil.

Oh ! Ce gars semble très sérieux. Es-tu prêt à l'affronter ? Ou devrais-tu plutôt plonger dans les douves, même si tu n'es pas très bon nageur ?

Affronte le chevalier en PAGE 22.
Saute dans les douves en PAGE 108.

Tu retires rapidement le chronomètre de ton cou et le glisses dans le trou de la serrure.

Le dragon mugit en remplissant le petit réduit de fumée et de flammes.

La femme hurle de terreur. Tu tournes le chronomètre dans la serrure et... surprise ! la serrure s'ouvre. La femme tire sur ses chaînes et s'accroche à ta main.

— Par ici ! crie-t-elle. Le dragon ne peut pas nous suivre !

Elle te conduit par une petite porte qu'elle referme vite. Derrière, le dragon rugit furieusement.

— Merci de m'avoir sauvée, te dit la femme. Qu'est-ce que je peux faire pour toi ?

Tu lui expliques que tu es à la recherche de ton frère.

— Il a les cheveux roux.

— J'ai vu un petit garçon qui lui ressemble dans la salle du trône, dit la femme en pointant du doigt une porte où est écrit : DIRECTION SALLE DU TRÔNE DU ROI RUTEBERT.

Tu jettes un coup d'œil au chronomètre qui t'indique que le temps passe très vite. Il ne te reste qu'une demi-heure pour retrouver Denis et retourner dans le présent.

— Bonne chance, dit la femme en souriant. Et merci encore.

Va à la PAGE 83.

Tu réussis à arracher ta main au lion. Mais au moment où tu te prépares à presser les boutons du chronomètre, le félin bondit sur ton frère et vous jette par terre tous les deux.

Tu lâches le chronomètre et, au même instant, tu entends un bruit sourd. Denis disparaît et, non sans laisser échapper un cri de surprise, le lion disparaît à son tour.

Tu regardes autour de toi : aucun signe de ton frère ni de la bête. Le chronomètre est resté sur le plancher.

Oh non ! C'est trop tard. Peut-être le sorcier pourra-t-il t'aider ?

Tu retournes dans le château à la recherche du repaire du sorcier. Tu arrives finalement à la porte marquée : REPAIRE DU SORCIER.

Va voir le sorcier à la PAGE 19.

Tu presses le bouton situé sous ton majeur et, aussitôt, tu ressens un picotement. Lorsqu'il s'arrête, tu te retrouves à proximité de petits arbres. Au loin, des dinosaures broutent des plantes.

Des dinosaures ! Jusqu'où as-tu reculé ? Tu n'as pas le temps d'y penser parce que ton frère te dit :

— Regarde ces bizarres de roches !

Denis s'est approché de six pierres rondes et mouchetées. Mais ce ne sont pas des pierres, ce sont des œufs. Des œufs de dinosaures ! Tout en les regardant, tu entends des petits coups réguliers. Un des œufs se met alors à se fendiller.

— Fantastique ! cries-tu. Cet œuf est en train d'éclore !

— Je veux faire autre chose, se plaint Denis. Je m'ennuie, ajoute-t-il en t'arrachant le chronomètre des mains et en s'enfuyant.

— Reviens, Denis ! hurles-tu à ton frère qui continue de courir.

Il va falloir que tu partes à sa poursuite mais, ce faisant, tu vas rater la chose la plus extraordinaire à se produire depuis ton arrivée. Que vas-tu faire ?

Regarder l'œuf éclore en PAGE 130.
Poursuivre Denis en PAGE 61.

Le crissement des freins remplit l'espace. Le camion s'arrête juste devant ta famille.

CRAC !

Un taxi percute l'arrière du camion. Des coups de klaxon éclatent et des conducteurs descendent de leur véhicule alors qu'une odeur nauséabonde remplit l'air.

Qu'est-ce qui se passe ?

Tu sautes du camion et cours vers l'arrière. Heureusement, le conducteur du taxi est sauf, mais la portière arrière du camion est défoncée. Des poissons morts et gluants se répandent sur le capot du taxi et dans la rue.

Ouache !

Tu attrapes le chronomètre et en presses les boutons.

Tu es vraiment désolé d'abandonner Denis, mais comme il le dit si bien… ce n'est pas toi qui mènes.

FIN

La navette spatiale s'amarre finalement à une grosse base orbitale. Les portes s'ouvrent ; tu sors de la navette et pénètres dans un couloir.

Dans la station spatiale, des robots et des humains marchent d'un pas pressé le long du couloir. Denis devrait être quelque part ici, mais où ?

Deux robots portant un insigne du service de la sécurité te dévisagent. Tous les autres humains sont vêtus d'uniformes jaune vif, remarques-tu. Tu ferais mieux d'en trouver un avant que quelqu'un ne t'arrête.

Juste devant toi, une affiche accrochée au-dessus d'une porte indique : APPROVISIONNEMENTS. Derrière, une étagère est remplie d'uniformes propres.

Enfile un uniforme et passe à la PAGE 24.

Tu es certain de pouvoir déjouer le robot. Après tout, tu es un humain alors que ce n'est qu'une machine.

— Ne tirez pas ! t'écries-tu. Je suis un visiteur du passé. Je cherche mon frère.

Le robot hésite, comme s'il repassait les informations dans son cerveau électronique, puis il met le doigt sur la détente de son laser.

— Je pourrais vous le prouver si votre technologie était plus avancée, ajoutes-tu.

Les yeux du robot brillent de fureur.

— Notre technologie a été beaucoup perfectionnée, articule-t-il.

— C'est dommage, dis-tu en soupirant. En tout cas, je parie que vous ne pouvez pas localiser le moment où j'ai quitté le présent.

— Quand tu as quitté le présent ? fait le robot. Je peux trouver ça !

Tu indiques au robot le jour et l'heure exacts auxquels tu as quitté le laboratoire du professeur Caillou.

Le robot règle quelques cadrans, puis le laboratoire du professeur apparaît sur l'écran de l'ordinateur central.

Regarde ce qui arrive en PAGE 129.

Éloigne-toi vite du féroce tyrannosaure ! Tu attrapes d'abord la main de Denis et tu files entre les arbres. Le dinosaure s'élance à votre poursuite, mais il ne peut pas facilement se glisser entre les arbres.

Denis et toi zigzaguez jusqu'à un gros tronc d'arbre derrière lequel vous vous cachez. Vous êtes à bout de souffle.

Au loin, le tyrannosaure cherche de tous côtés. Finalement, il laisse échapper ce qui ressemble à un rugissement de défaite et s'éloigne d'un pas tranquille.

— On l'a eu ! s'exclame ton frère en te tapant dans la main.

Il vous faut maintenant retourner dans le marais et y retrouver le chronomètre.

Mais dans quelle direction aller ? Vous avez tellement tourné et zigzagué que vous ne savez plus où est le marais.

Heureusement, Denis semble s'en rappeler. Tu le suis donc à travers la forêt et vous arrivez tous les deux en vue du marais. En faisant le tour des sables mouvants, tout ce que tu as en tête, ce sont les secondes qui s'écoulent à toute allure. Combien reste-t-il de temps avant que Denis disparaisse à tout jamais ?

Va à la PAGE 12.

Tu décides d'avancer vers la cité futuriste. Tout autour de toi, des édifices en verre et en métal s'élancent vers le ciel et des véhicules ailés filent au-dessus de ta tête. Les rues sont vides et propres : il n'y a pas même un papier d'emballage de chocolat par terre.

Est-ce le New York de l'avenir ? C'est très différent de celui que tu as visité dans le présent en tout cas.

Tu t'apprêtes à partir à la recherche de Denis lorsqu'une main se referme sur ton épaule.

— Humain ? fait une voix creuse. Vous êtes en état d'arrestation !

Tu te tournes pour apercevoir un robot métallique avec un insigne de police soudé à sa poitrine. Son visage est inexpressif et il tient dans sa main quelque chose qui ressemble à un fusil laser. « Pas surprenant que tout soit propre et tranquille ! te dis-tu. La ville est gouvernée par des robots ! »

— Vous ne savez pas que les humains n'ont pas le droit de déambuler dans les rues ? demande le robot.

— Je viens... d'ailleurs, répliques-tu. Je ne connais pas les règlements. Donnez-moi une autre chance, s'il vous plaît !

— Le juge décidera, dit le robot. Venez avec moi !

Va à la PAGE 89.

— Regarde celui-là ! dit un des petits robots en examinant l'affiche accrochée devant le champ de force. C'est le « Mollasson », lit-il en se mettant encore à faire d'étranges bruits, celui qui passe son temps devant la télé.

— Ce n'est pas poli de rire des humains, dit l'un des grands robots.

— Mais, maman, reprend le petit robot, il a l'air tellement drôle. Viens, humain ! appelle-t-il en poussant quelque chose au travers du champ de force.

Tu te penches pour ramasser une barre de chocolat.

— Regarde ! dit le petit. Il l'a ramassée !

Il jette d'autres bonbons de l'autre côté du champ de force.

Avec un serrement de cœur, tu te rends compte que tu es prisonnier de ta cage à jamais. Mais réjouis-toi : au moins les petits robots qui te visiteront te donneront-ils des bonbons.

FIN

— Les trois objets sont une épingle, une pipe et une pomme, dis-tu au robot.

— FAUX ! dit le professeur d'une voix tonitruante. Tu connais la sanction pour une mauvaise réponse. Avance !

Tu te déplaces vers le fractiliseur mais, lentement, tu tends la main vers le chronomètre attaché à ton cou. Cependant, avant même de pouvoir effleurer un bouton, le robot te l'arrache avec ses griffes magnétiques.

— Pas de gadgets ! crie-t-il. Entre dans le fractiliseur !

Pas moyen de t'échapper.

En entrant dans la boîte métallique, tu sens ton cœur s'arrêter de battre. C'est un échec total : tu n'as pas trouvé Denis et tu n'as pas pu répondre à la question du professeur. De plus, tu vas devenir le premier enfant connu à être fractilisé.

FIN

— Pardon, monsieur, dis-tu au conducteur. L'expéditrice demande si vous pouvez m'emmener avec vous. Le magasin où vous allez appartient à mon oncle et j'ai besoin de m'y rendre vite.

— Bien sûr ! dit-il. Viens !

Il te conduit à l'arrière du camion vert où des caisses de poisson frais sont empilées.

— Monte, fait le chauffeur.

— Là-dedans ? Mais... fais-tu en regardant les yeux des poissons morts qui te dévisagent.

— La cabine est archipleine. Veux-tu monter ou pas ?

— Euh...

Il faut vraiment que tu montes à l'avant pour être avec lui, mais comme tu ne sais pas quoi faire d'autre, tu grimpes à l'arrière et t'installes le plus confortablement possible.

Lorsque le chauffeur ferme la portière, tu te retrouves plongé dans le noir. La senteur est épouvantable et les corps écailleux des poissons frottent contre tes vêtements.

Ouache !

Bouche ton nez et va à la PAGE 27.

Pendant que son camion fonce vers ta famille, le conducteur semble paralysé. En fait, on dirait qu'il s'est évanoui.

Tu détaches ta ceinture de sécurité à toute vitesse ; il faut que tu fasses quelque chose !

C'est la raison pour laquelle tu te trouves dans ce camion, c'est la raison pour laquelle tu as reculé dans le temps. Mais avais-tu vraiment pensé qu'il serait facile de stopper un camion ?

Tu pourrais peut-être le conduire dans une autre rue. Ou tu pourrais réussir à atteindre les freins.

Prends vite une décision !

Tu conduis le camion dans une autre rue en PAGE 13.

Tu essaies d'atteindre les freins en PAGE 67.

Tu retiens ton souffle avant de plonger dans l'huile bouillante. Tu croises tes bras sur ta poitrine et ta main heurte un bouton. Un bouton du chronomètre !

Ton corps se met à picoter ; tu fermes ensuite les yeux et croises les doigts... juste avant d'atterrir.

Mais pas dans l'huile bouillante !

Étonné, tes yeux font le tour de la pièce où tu te trouves. C'est le laboratoire. Tu es revenu dans le présent et le professeur t'accueille :

— Bienvenue, voyageur du temps ! Comment ç'a été ?

Tu t'apprêtes à lui répondre lorsque tu te souviens de ton frère. Oh non ! Tu as abandonné Denis dans le passé.

— Je dois sauver mon frère... commences-tu à dire.

Mais tu te rappelles tout à coup le chaudron d'huile bouillante. « Et qu'est-ce qu'il a fait pour moi, Denis, quand j'ai failli être frit comme un poulet ? » penses-tu.

— Excellent ! dis-tu alors au professeur Caillou. Tout a été parfait.

Puis tu retournes dans le musée. Bien entendu, tu devras bientôt expliquer à tes parents pourquoi leur benjamin s'appelle maintenant Rutebeuf et qu'il a troqué le présent contre le Moyen-Âge.

FIN

Oui ! La porte du camion s'ouvre et Abel prend un air tout à fait ahuri en voyant les souris s'échapper allègrement du camion et trottiner sur le quai de chargement.

— Eh, toi ! entends-tu Abel crier au conducteur du camion vert. Sors de là et viens nous aider.

Félicitations, voyageur du temps ! Les conducteurs de camion sont tellement occupés à chasser les souris blanches que le camion vert n'arrivera pas à l'intersection avant que ta famille y traverse et s'en éloigne.

Tu as réussi ! Te voilà héros. Tu as sauvé ta famille et tu as sauvé la vie de deux mille souris blanches.

FIN

Tu décides de te risquer dans les douves.

FLAC ! L'eau est froide, mais au moins tu échappes au chevalier à l'air féroce.

C'est alors que tu entends un bruit sec assez fort : un crocodile qui fait claquer ses mâchoires juste en face de toi. Et il a l'air sérieusement affamé.

Tu te détournes du crocodile et nages dans la direction opposée. Tu souhaiterais pouvoir nager plus vite... on dirait que le crocodile se rapproche.

Soudain, un autre crocodile apparaît sur ton chemin... puis un autre.

Tu es encerclé par des crocodiles affamés.

Tu attrapes le chronomètre qui pend toujours à ton cou. Mais avant que tu puisses presser un bouton, le crocodile le plus près de toi se rapproche et ne fait qu'une bouchée de l'instrument.

C'est bien dommage, car le chronomètre ne constitue qu'un amuse-gueule. Le plat principal va bientôt être servi et... c'est toi.

FIN

Tu écoutes les explications de Jarmal au sujet de la rébellion.

— À l'origine, les robots ont été créés par les humains pour servir de main-d'œuvre. Mais, graduellement, ils ont pris de plus en plus de pouvoir jusqu'à renverser les humains.

— Alors maintenant les humains ripostent ? demandes-tu.

— Justement, dit Jarmal. Nous pensons que la bataille va débuter d'une minute à l'autre. Nous...

BOUM ! Ses mots sont enterrés par une explosion assourdissante.

La bataille commence en PAGE 10.

Tu atteins le marais et prends les mains de Denis. Tu tires de toutes tes forces, mais Denis reste bien enfoncé.

Tu tires de nouveau, mais ton frère panique. Il s'accroche comme un fou et le chronomètre glisse de la chaîne qui pend à ton cou jusque dans la boue.

Le tyrannosaure n'est plus qu'à quelques mètres maintenant. Sa tête affreuse est si rapprochée que tu vois ses dents pointues et tranchantes, et que tu sens son haleine fétide. Le dinosaure rugit, faisant trembler les arbres voisins.

Tu essaies de nouveau de tirer Denis des sables mouvants et, dans un bruit de succion, tu réussis à le libérer. Mais le dinosaure n'est plus qu'à un ou deux mètres. Il ouvre grand sa gueule et tend ses mâchoires vers toi.

Frénétique, tu cherches le chronomètre autour de toi. Il faut vite revenir dans le présent. Mais aucune trace de l'appareil qui a dû être avalé par la boue.

Devrais-tu chercher à déterrer le chronomètre du marais ? Ou tenter de te sauver du tyrannosaure ? Quel est ton choix ?

Si tu décides de creuser à la recherche du chronomètre, va à la PAGE 126.

Peux-tu échapper au dinosaure ? Va vite à la PAGE 100.

— Bienvenue au sein des forces des troupes rebelles ! crie Jalmar en te serrant la main.

Il te montre ensuite une carte de la cité et t'explique le plan de bataille.

— Cet édifice transmet l'énergie à tous les robots, dit-il en pointant du doigt une usine sur la carte. Si on pouvait détruire cette centrale électrique, les robots n'auraient plus aucun pouvoir.

Jarmal te montre ensuite une petite boîte rouge.

— Cette boîte contient un explosif bien spécial, t'explique-t-il. Elle doit être placée à moins d'un mètre de la source électrique.

Tu suis Jarmal dans le tunnel jusqu'à un escalier qui conduit à un parc. Tu aperçois la centrale électrique à travers les arbres ; c'est un édifice rond, haut et blanc, surmonté d'une longue antenne.

Jarmal t'explique que toutes les entrées sont gardées par des robots.

— Comme aucun robot ne te reconnaîtra, tu as été choisi pour pénétrer dans la centrale, dit-il.

— Quoi ? t'exclames-tu. Vous voulez que j'entre là-dedans ?

— Je ne t'en avais jamais parlé ? demande Jarmal. Tout notre plan repose sur toi. Es-tu prêt ?

L'es-tu ? Va à la PAGE 119.

— C'est un grand honneur pour un humain d'être accepté au collège, dit le robot tout en te conduisant à un petit véhicule volant. Et tu sais ce qui arrive aux humains qui refusent les honneurs des robots.

Tu ne le sais pas, mais tu le devines aisément. Le véhicule se pose sur le toit d'un édifice de brique.

— La salle de conférence est dans cette direction, t'indique le robot.

— Il me faut du temps pour me préparer... commences-tu.

— Quelle blague! t'interrompt le robot. Un bon prof n'a jamais besoin de préparation.

Tu te retrouves finalement devant une salle remplie à craquer de robots métalliques brillants. Chacun est installé devant un ordinateur portatif, prêt à prendre des notes.

Peut-être, je dis bien peut-être, les rebelles vont-ils réussir à libérer la cité et vous aider, Denis et toi, à sortir du futur?

En attendant, tu te croises les doigts et tu commences à raconter aux robots tout ce que tu sais des snazziliseurs et des romiframptions.

FIN

Tu t'accroupis et ouvres la porte qui mène au repaire du lézard. Il y fait très noir. Tu retiens ton souffle pour te faire plus petit, puis tu passes la porte en rampant.

À l'intérieur de la pièce sombre et envahie par un brouillard, tu peux te lever. Des mouches et d'autres insectes frappent les murs.

Un homme à barbe vêtu d'une grande tunique surgit dans la pièce par une autre porte. Il fouille le brouillard des yeux.

— Sorcier ! crie-t-il. Sorcier ! Où es-tu ?

— Excusez-moi, fais-tu poliment. N'êtes-vous pas vous-même le sorcier ?

— Bien sûr que c'est moi ! rugit-il. Mais je n'arrive pas à trouver mon lézard qui s'appelle Sorcier. L'as-tu vu ?

— Non, mais je cherche quelqu'un moi aussi. Je...

— Je sais qui tu es et qui tu cherches, t'interrompt-il. Tu es un voyageur du temps.

— Oui, dis-tu, et je cherche...

— Le jeune garçon que tu cherches est perdu dans les corridors du temps, répond le sorcier. Pour le retrouver, tu dois répondre à une question sur le temps.

Tu jettes un coup d'œil à ton chronomètre dès que tu l'entends parler de temps.

Et le temps file !

Pour répondre à la question, va vite à la PAGE 33.

— Denis ! cries-tu. Reviens !

Tu cours à l'arrière du repaire, mais Denis se glisse au même moment dans une ouverture sombre entre deux bibliothèques.

Les bruits d'une forte respiration semblent venir de cette ouverture. On dirait une respiration humaine.

Vas-tu avoir le cran de suivre Denis ?

Si oui, va à la PAGE 45.

— Espions humains ! déclare le robot au fusil laser. Vous êtes en état d'arrestation !

Tu te tortilles un peu et sors de la pièce en flottant.

— Nous ne sommes pas des espions ! protestes-tu. Nous sommes seulement...

— Silence ! jappe le robot.

Pris de panique, tu regardes le chronomètre. Il est temps que Denis et toi retourniez à la maison.

— S'il vous plaît, supplies-tu. Il faut que j'emmène mon frère...

— Viens expliquer ça à la capitaine ! ordonne le robot en t'enlevant le chronomètre.

— Non ! Donnez-moi ça ! cries-tu en essayant d'atteindre le chronomètre que le robot tient hors de ta portée.

— Arrive maintenant ! rugit-il en enserrant ton poignet dans sa poigne de fer. Et toi aussi ! ajoute-t-il en attrapant Denis.

— Tu ne peux pas me forcer, fait Denis en donnant un grand coup de pied dans le menton du robot avant de s'enfuir.

Le robot s'arrête un moment. Tu entends même des bruits à l'intérieur de son crâne.

— La capitaine va t'expliquer quoi faire, murmure-t-il. Maintenant, venez avec moi.

Va à la PAGE 131.

— En place pour le duel ! te dit le chevalier en cueillant une pomme dans l'arbre.

Il te la lance ensuite. Bien campé sur tes jambes, tenant le gourdin comme un bâton de baseball, tu frappes le fruit qui file sur le sentier, droit au-dessus du chevalier.

— Je peux la frapper bien plus loin, se vante le chevalier en prenant place au bout du pont-levis.

C'est ton tour de cueillir une pomme. Tu te tiens sur le monticule et, sans lâcher le chevalier des yeux, tu la lui lances. Le chevalier prend son élan... et expédie la pomme à un mètre devant toi.

Parfait !

— J'ai gagné ! t'exclames-tu. Est-ce que je peux aller dans le château maintenant ? Il faut que je trouve mon frère.

— Très bien, étranger, acquiesce le chevalier, tout triste. Tu peux entrer dans le château, mais moi, selon les règles, je dois sauter dans les douves.

Va à la PAGE 50.

Tu aimerais bien aider cette femme, mais il est plus important pour toi de retrouver Denis. Tu sors de la pièce enfumée en courant.

— Arrête ! crie la femme. Tu as échoué l'épreuve de chevalier.

— Quoi ?

— Je ne suis pas vraiment une pauvre jeune fille sans défense, explique la femme en détachant ses chaînes, mais la gardienne du dragon. Ceci est une épreuve que nous avons imaginée pour les futurs chevaliers. Quiconque refuse d'aider la jeune fille échoue.

— Mais je ne veux pas devenir chevalier ! protestes-tu.

— Mais oui, dit la jeune fille. Sinon, pourquoi serais-tu ici ?

— Je cherche mon frère… commences-tu, inutilement.

La jeune fille fait claquer ses doigts et le dragon avance dans la pièce vers toi.

Va à la PAGE 8.

Tu avances sur la passerelle à la recherche de la source d'énergie. Tu arrives finalement à une plate-forme gardée par un robot.

— Halte, humain! crie-t-il. Que fais-tu ici?

— Je viens réparer le romiframption, expliques-tu.

— Qu'est-ce qui ne va pas? demande le robot.

Tu essaies de réfléchir à quelque réponse, puis tu lances la première chose qui te passe par l'esprit.

— Le snazziliseur a des impulsions déphasées.

— Pas surprenant qu'il ait été si peu efficace dernièrement, réplique le robot. Tu es la première entité — humain ou robot — à diagnostiquer correctement le problème.

Le robot te croit! Tu es tellement étonné qu'il te faut quelques secondes avant de parler.

— Je vais me mettre au travail, dis-tu à la fin.

— Ne t'occupe pas du romiframption, dit le robot. Maintenant que nous connaissons la nature du problème, nous pouvons le réparer nous-mêmes. Mais tu pourrais utiliser ton génie mécanique pour enseigner au collège d'électronique. Viens avec moi.

— Non, protestes-tu. Il faut que…

— J'ai dit viens avec moi! répète le robot d'un ton coupant.

Va au collège en PAGE 112.

— Pas question, dis-tu. Je ne vais pas là-dedans.

— Si tu veux avoir de l'aide pour retrouver ton frère, jette Jarmal d'un ton sec, il vaudrait mieux que tu le fasses.

Finalement, tu acceptes... mais as-tu vraiment le choix?

Jarmal te tend la boîte rouge des explosifs.

— Rappelle-toi de la poser à moins d'un mètre de la source d'énergie. Autre chose encore... tu n'as qu'une minute pour te sauver avant que ça saute.

— Et comment est-ce que je vais entrer dans cet édifice?

— Il y a deux façons, t'explique Jarmal. La première est de trouver un moyen de déjouer le robot de garde à l'entrée.

— Non merci, marmonnes-tu. Et l'autre moyen?

— Tu pourrais te glisser dans les conduits d'aération, fait Jarmal. De cette façon tu éviterais les robots... mais les conduits sont très étroits. Y circuler est très, très dangereux.

Comment vas-tu pénétrer dans l'immeuble?

Prends une décision éclairée... la survie de la race humaine sur terre pourrait en dépendre!

Essaies-tu de déjouer les gardes? Va à la PAGE 29.

Te glisses-tu dans les conduits d'aération? Va à la PAGE 79.

Tu optes pour la vérité.

— Je ne suis ni un espion, répètes-tu, ni un membre d'équipage. Je suis un voyageur du temps.

— La belle histoire ! s'exclame la capitaine. Prouve-le si tu voyages dans le temps !

— L'appareil que vos gardes m'ont enlevé est un chronomètre, expliques-tu. Je l'utilise pour passer d'une époque à l'autre.

Le garde remet le chronomètre à la capitaine, qui le regarde, puis te le donne. Tu le glisses rapidement sous ton uniforme au cas où elle changerait d'idée.

— Si tu es vraiment du passé, dit-elle soudain, de quelle couleur étaient les yeux des allosaures.

— Mais je ne viens d'aussi loin ! protestes-tu.

— Bon, soupire-t-elle. Attends dehors pendant que je décide ce que je ferai de toi.

Les gardiens t'entraînent durement hors de la pièce en te soulevant par les bras et te jettent dans le couloir.

Va à la PAGE 69.

Denis hurle de terreur pendant que le chevalier se prépare à le jeter par terre.

— Arrêtez ! hurles-tu. C'est Rutebeuf, le fils du roi Rutebert.

Surpris, le chevalier te regarde.

— Bien sûr. Pourquoi crois-tu que je m'apprête à lui écraser le crâne ?

— Le roi Rutebert paiera une forte rançon pour lui, continues-tu. Plus de bijoux et d'or que vous pouvez imaginer.

— Est-ce vrai ? réplique le chevalier. Comment le sais-tu ?

— Je suis un représentant du roi, confies-tu au chevalier en disant ainsi le premier mensonge qui te passe par l'esprit.

— Vraiment ? fait le chevalier. Pourquoi tes mains sont-elles liées alors ?

— Eh bien... euh... Détachez-moi et je vais vous le prouver !

Le chevalier t'examine de la tête aux pieds. D'un seul coup, il tire son épée de son fourreau.

Oh non ! Que va-t-il faire ?

Va à la PAGE 88.

Tu tends le bras pour attraper ton frère avant de presser les boutons du chronomètre.

— NOOON ! crie Denis en t'échappant avant de filer dans la rue.

— Denis, reviens ici ! cries-tu à tue-tête.

Mais Denis court toujours. Il traverse la rue et entre en collision avec son double... le Denis du futur. Ils tombent tous les deux à la renverse sur le trottoir.

Le visage de ta mère blanchit en apercevant les deux Denis.

— Bon, fait ton père. Lequel des deux est mon fils ?

— C'est moi ! dit l'un des deux rouquins.

— C'est moi ! insiste l'autre en donnant un coup de poing sur l'épaule de son double qui réplique aussitôt.

Il faut que tu agisses vite. Tu traverses la rue en courant et empoignes les deux Denis. Tu appuies alors sur les boutons du chronomètre.

Retourne dans le présent à la PAGE 66.

Tu empoignes le râteau puis, le tenant comme une épée, tu progresses petit à petit vers la porte située de l'autre côté de la pièce. Le lierre te poursuit, sa fleur claquant toujours dans le vide.

Tu es sur le point de toucher la poignée de la porte lorsque quelque chose te saisit la cheville.

Le lierre s'enroule autour de tes jambes.

Au désespoir, tu frappes le lierre avec le râteau, mais sans succès. Le lierre réussit à couvrir ton corps tout entier, t'enveloppant aussi serré qu'une momie.

Les portes s'ouvrent soudain, livrant passage à quelqu'un qui chante ton air préféré.

C'est Denis !

Tu ouvres la bouche pour lui parler, mais tu n'y arrives pas.

Tu entends Denis circuler à travers la pièce avant de s'arrêter juste en face de toi.

Il regarde de près le lierre qui te retient prisonnier.

— Quelle superplante ! dit-il.

Une superplante ?

Ce n'est pas une plante… c'est toi !

FIN

Tu demandes à quelqu'un de te montrer le chauffeur du camion vert. C'est un homme grisonnant, vêtu d'un gros manteau en laine.

Il faut que tu trouves vite quelque chose à lui dire. Si tu pouvais réussir à monter dans le camion, tu pourrais le faire dévier du chemin de tes parents au moment crucial.

Finalement, tu te retrouves avec deux plans. Tu peux lui raconter que tu n'es pas de la ville et que, perdu, tu aimerais qu'il te ramène à ton hôtel. Ou tu pourrais lui faire croire que l'expéditrice veut qu'il t'emmène lors de la prochaine livraison qu'il effectuera.

Quel plan vas-tu choisir?

Dis au chauffeur que tu es perdu en PAGE 26.

Prétends que c'est l'expéditrice qui t'envoie en PAGE 104.

— Au secours ! supplies-tu. Je cherche mon frère et...

— Silence, intrus ! commande le robot.

Tout en gardant son fusil laser pointé sur toi, il te fait signe de t'asseoir devant un des écrans.

— Tu vas me seconder dans la salle du télétemps, humain, explique le robot. Tu vas surveiller cet écran jour et nuit, et me rapporter tout ce que tu y vois.

« Ce n'est pas si mal, penses-tu. Au moins, je pourrai regarder la télé ! »

Tu t'installes confortablement dans l'un des fauteuils rembourrés. Sur l'écran, Neil Armstrong met le pied sur la Lune... et recommence.... encore et encore.

C'est assez intéressant les premières fois, mais après quelques dizaines de reprises, tu t'ennuies vraiment.

Les jours, les mois et, finalement, les années passent et Neil Armstrong met toujours le pied sur la Lune et tu le regardes toujours.

Comparée à cette leçon d'histoire répétée éternellement, la visite du musée avec tes parents représentait une véritable partie de plaisir.

FIN

Il te faut trouver le chronomètre. Tu enfonces donc ton bras profondément dans les sables mouvants et tu tâtes partout avec les doigts... rien.

Soudain, le tyrannosaure pousse un rugissement. La peur te fait plonger les deux bras dans les sables et Denis t'imite aussitôt.

Pendant que vous remuez la boue, le tyrannosaure se rapproche dangereusement. Il étire une de ses pattes, puis pousse un autre terrible son. C'est un rot de son dernier repas... un rot aussi puissant qu'une explosion.

Sa force vous jette par terre ton frère et toi. Pour vous échapper, vous plongez tous les deux dans les sables mouvants.

Oh non! Vous êtes attirés inexorablement par en bas, vers la...

FIN

Tu décides de retourner dans le laboratoire du professeur Caillou. Mais te reste-t-il assez de temps ?

L'élève devant toi a donné une mauvaise réponse.

— Non ! crie la fille. Donnez-moi une autre chance !

Mais le professeur expédie l'élève dans le fractiliseur. Il fixe maintenant son œil électronique rouge droit sur toi.

—Combien d'électrons trouve-t-on dans un kilogramme de caramels ? te demande-t-il.

Tu attrapes le chronomètre et places tes doigts sur les boutons du haut et du bas pour retourner dans le laboratoire du professeur Caillou.

— Réponds ! tonne le professeur.

Tu presses les boutons du chronomètre.

BOING ! Après un bruit affreux, le chronomètre se désintègre littéralement dans ta main. Des petits engrenages et des puces électroniques volent autour de toi et sur ton bureau.

— Réponds à la question ! répète le robot.

Tant pis. Il n'y a plus moyen de retourner dans ton temps. Mais réjouis-toi… à moins de connaître la réponse à la question, tu ne resteras pas dans cette classe très longtemps.

FIN

Tu montes l'échelle métallique en t'assurant que la boîte rouge est toujours dans ta poche. L'édifice a au moins trente étages. En haut de l'échelle, il y a une lueur verte qui palpite.

« La source d'énergie », penses-tu.

Tu grimpes plus vite. Tu te retrouves bientôt au sommet de l'échelle à examiner un gros globe vert enfermé dans une pièce ronde aux panneaux vitrés.

L'éclat est si vif que tu es ébloui. En cherchant à entrer dans la pièce, tu aperçois finalement une petite porte avec l'affiche suivante : DANGER. DÉFENSE D'ENTRER.

Mais il faut absolument que tu entres pour installer l'explosif.

Ou peut-être que non ?

Jarmal t'a dit que l'explosif devait être placé à moins d'un mètre de la source d'énergie, mais il n'a jamais précisé qu'il devait être dans la même pièce. Peut-être es-tu assez près.

Décide vite ce que tu veux faire, car un robot approche !

Pour entrer dans la pièce, va à la PAGE 42.

Pour placer l'engin explosif contre le mur et attendre les résultats, va à la PAGE 49.

Parfait ! Le robot s'est bien fait avoir !

Tu te vois entrer dans le chronoport, puis tu entends le professeur Caillou te dire : « Autre chose ! Rappelle-toi de tenir les boutons enfoncés au moins cinq secondes ! »

C'est exactement ce que tu avais besoin d'entendre. Tu sais maintenant comment fonctionne le chronomètre. Mais il faut que tu trouves Denis.

— Je ne crois pas que votre machine montre réellement le passé, dis-tu.

— Quoi ? grogne le robot. Comment oses-tu insulter ma machine ? ajoute-t-il en mettant son doigt sur la détente.

— Si ça fonctionne réellement, fais-tu, alors montrez-moi le présent.

— Le présent ? hurle le robot.

— Oui ! t'exclames-tu en hochant la tête. Les scènes du passé peuvent avoir été filmées sur vidéo. Si je vois une scène du présent, je croirai que la machine est vraiment efficace.

— Très bien, marmonne le robot. Mais je serai heureux de te pulvériser après cela. Y a-t-il une scène du présent que tu aimerais voir en particulier ? demande-t-il.

Tu souris. Ton plan a fonctionné.

Va à la PAGE 90.

Pas question de manquer la naissance d'un vrai dinosaure. Tu peux bien attendre quelques minutes avant de partir à la recherche de Denis.

Tes yeux restent fixés sur les œufs.

« C'est fantastique ! penses-tu. Ce sera peut-être un brachiosaure ou un tricératops. » Dire que c'est un de tes rêves les plus chers qui se réalise.

Tap, tap, tap.

Le bébé dinosaure se démène pour sortir.

CRAC ! Le gros œuf se fend. Tu te penches, impatient de le voir.

Il éclate enfin. Tu aperçois une longue queue… un petit bec… et des plumes humides.

DES PLUMES ?

Pas vrai ! Ce bébé n'est pas un dinosaure, c'est un poulet.

Un étrange poulet préhistorique.

Bon, bon. Tu as appris ta leçon. Ne vends jamais la peau d'un dinosaure avant de l'avoir tué !

FIN

Tu suis le robot chez la capitaine.

C'est une humaine, mais elle a l'air particulièrement méchante.

— Tu as été surpris en train d'espionner notre appareil secret antigravitationnel, dit-elle d'un ton dur. La peine est l'exécution sans procès. Qu'as-tu à dire pour ta défense ?

Exécution sans procès !

Il faut absolument que tu lui fasses comprendre ce que tu fais là. Mais quoi dire pour qu'elle croie ton histoire ? Il vaudrait peut-être mieux prétendre être un nouveau membre de l'équipage de l'espace.

Prends la bonne décision ! Ta vie en dépend !

Mentir ? Va à la PAGE 25.
Dire la vérité ? Va à la PAGE 120.

— C'est pas toi qui mènes ! dit de nouveau Denis. Vas-y, papa !

— Prépare-toi à mourir, espion ! lance le chevalier à ta droite en t'entraînant au bord de la plate-forme.

— Attendez ! cries-tu. Avant d'exécuter la sentence, je veux vous remettre quelque chose qui appartient à votre fils.

— Halte ! commande le roi. Qu'est-ce que c'est ?

— Un bijou sans prix, dis-tu. Permettez-moi de le lui donner !

— Ouais ! crie Denis. Donne-le-moi !

Va à la PAGE 14.

Le professeur se tourne alors vers toi.

— Lève-toi ! t'ordonne-t-il.

Nerveux, tu obéis en retenant ton souffle pendant que le professeur se remet à parler.

C'est le moment : peux-tu ou non répondre à sa question ou seras-tu fractilisé ?

— Le vieux sorcier anglais Morgred utilisait une formule magique pour voyager dans le temps. Il y avait dans cette formule le nom de trois objets magiques. Quels sont-ils ?

Morgred ? C'était le sorcier du Chair de poule intitulé *Les pierres magiques*. Tu te souviens de lui, mais te rappelles-tu la formule ? Il va falloir que tu donnes une réponse au hasard.

Penses-y bien, puis réponds !

Les trois objets sont-ils une épingle, une pipe et une pomme ? Si oui, va à la PAGE 103.

Ou les objets magiques sont-ils trois pierres blanches ? Si c'est ta réponse, va à la PAGE 28.

Il faut absolument que tu convainques Denis de retourner avec toi dans le présent, mais comment?

C'est alors que tu as une idée géniale.

— Denis, commences-tu calmement, je retourne au laboratoire du professeur Caillou, mais je ne veux pas que tu me suives.

— Pourquoi pas? demande ton frère, méfiant.

— Ce ne sont pas tes affaires, lui dis-tu du ton le plus désagréable que tu peux. Tu pourras toujours venir plus tard aujourd'hui... ou demain.

— Non! se lamente Denis. Je veux y aller tout de suite.

— Eh bien, tu ne peux pas. J'y vais sans toi.

— NOOON! crie-t-il de tous ses poumons. Emmène-moi avec toi!

— Désolé.

— Je vais le dire à maman, insiste-t-il. Je vais lui dire que tu veux toujours me mener par le bout du nez.

— Bon, ça va, fais-tu en essayant d'avoir l'air écœuré. Tiens-moi bien la main alors.

Satisfait, Denis te prend la main. Tu baisses les yeux sur le chronomètre: il te reste quarante-cinq secondes. Et Denis ne s'est pas aperçu qu'il s'était lui-même joué un tour.

FIN

Des souris ! Les boîtes sont remplies de souris blanches qu'on utilise en laboratoire de recherche.

Elles te donnent une idée.

Tu te mets alors à ouvrir les boîtes pour les relâcher le plus vite possible. Avant peu, il y en a partout dans le camion.

— Au secours ! Au secours ! cries-tu en tapant à l'arrière du camion.

Est-ce que quelqu'un va t'entendre ?

Va à la PAGE 107.

UN MOT SUR L'AUTEUR

R.L. Stine a écrit une bonne quarantaine de livres à suspense pour les jeunes, qui ont tous connu un grand succès de librairie. Parmi les plus récents, citons : *La gardienne IV, Le fantôme de la falaise, Cauchemar sur l'autoroute, Rendez-vous à l'halloween, Un jeu dangereux,* etc.

De plus, il est l'auteur de tous les livres publiés dans la populaire collection *Chair de poule.*

R.L. Stine vit à New York avec son épouse, Jane, et leur fils, Matt.

DÉJÀ PARU

N° 1

LA FOIRE AUX HORREURS

Toi et tes amis décidez de visiter le champ où l'on s'affaire à ériger manèges et baraques en prévision de la foire annuelle. L'endroit a quelque chose d'étrange. Des torches brûlent un peu partout et une musique s'échappe de la grande tente.

Vous rencontrez le grand Zotron, qui dirige la fête foraine. Il vous invite à faire l'essai des manèges.

Choisiras-tu de te lancer à l'assaut des montagnes russes intergalactiques, de visiter la ferme reptilienne, de naviguer sur le marais malsain ou d'affronter la femme serpent ?

La décision n'appartient qu'à toi. Chose certaine, prépare-toi à avoir peur !

GRAND CONCOURS

J'AI LA CHAIR DE POULE

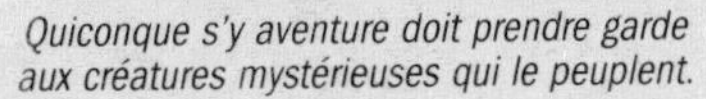

100 Jeux *Chair de poule*™ Horreur au cimetière de Milton Bradley.

Quiconque s'y aventure doit prendre garde aux créatures mystérieuses qui le peuplent.

Comment participer ? C'est facile !

Écris-nous vite en moins de 5 lignes, ce qui te donne la chair de poule. Est-ce d'être seul(e) un soir d'orage ? Ou de de passer la nuit près d'un cimetière ? Dis-nous vite ce qui te fait peur !

____

____

____

____

____

Combien de *Chair de poule* as-tu lus ? ____________

Quel a été ton titre préféré ? ____________________

Quels sont les deux derniers livres (autres que *Chair de Poule*) que tu as lus ?

____________________ ____________________

Coupon de participation (**Date limite de participation : le 30 novembre 1996 à 23h59.**)

Nom : ________________ Prénom : ________________ Âge : ______

Adresse : ____________________ Ville : ________________

Province : ________________ Code postal : __________

Envoie ton bon de participation à :

Concours « J'ai la chair de poule »
300, rue Arran
Saint-Lambert (Québec)
J4R 1K5

On peut se procurer le règlement de ce concours en s'adressant à : Les éditions Héritage inc., 300, rue Arran, Saint-Lambert (Québec) J4R 1K5. Tél : (514) 875-0327. Télec : (514) 672-5448. E-Mail : heritage@mlink.net

ACHEVÉ D'IMPRIMER
EN AOÛT 1996
SUR LES PRESSES DE
PAYETTE & SIMMS INC.
À SAINT-LAMBERT (Québec)